書下ろし

源氏豆腐《げんじどうふ》

縄のれん福寿④

有馬美季子

祥伝社文庫

お品書

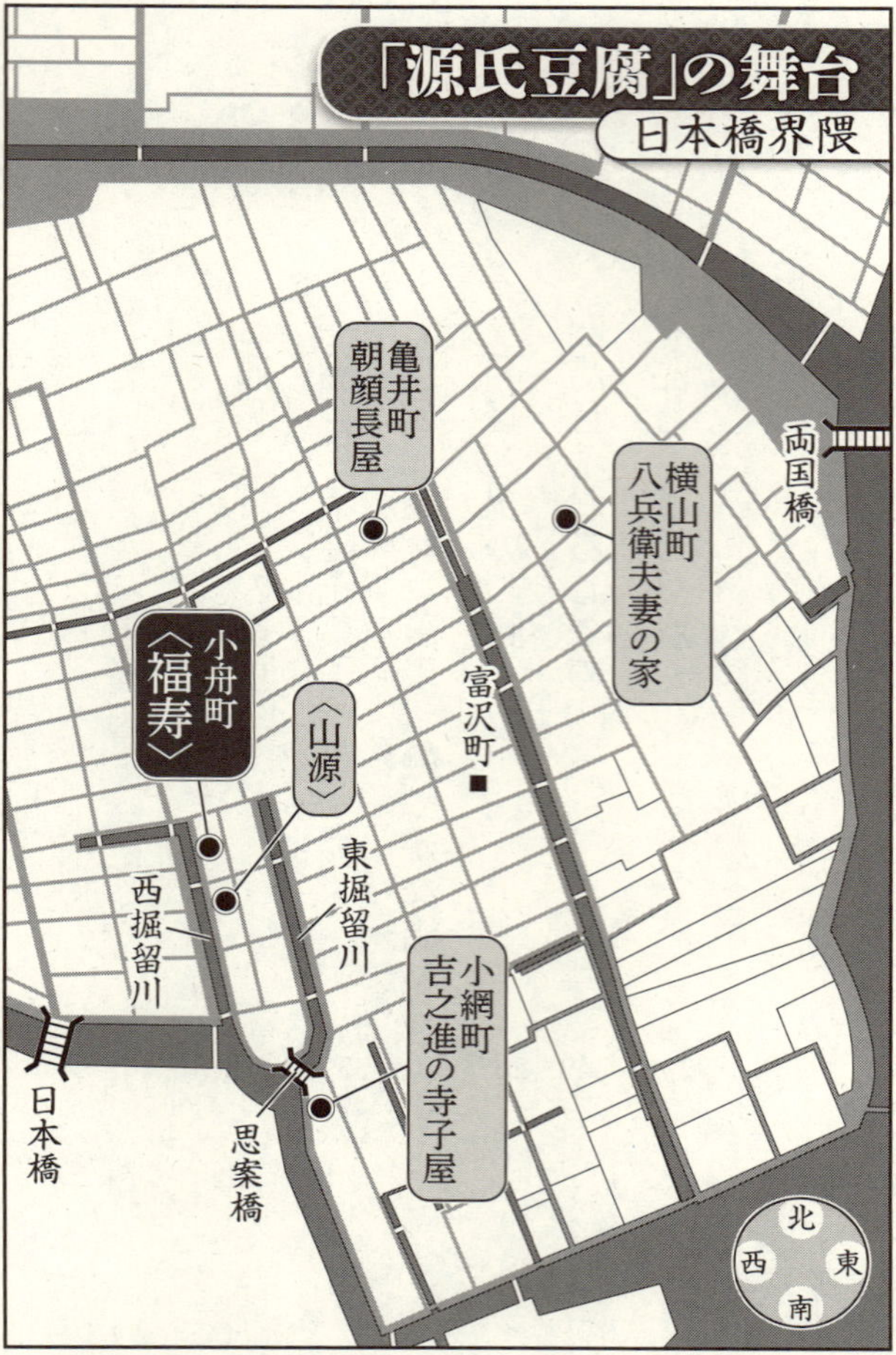
「源氏豆腐」の舞台
日本橋界隈
亀井町
朝顔長屋
横山町
八兵衛夫妻の家
両国橋
小舟町
〈福寿〉
〈山源〉
富沢町
東掘留川
西掘留川
小網町
吉之進の寺子屋
日本橋
思案橋
北
西
東
南

お通し　誓《ちか》いの蚕豆《そらまめ》

一

「やはり江戸はいいわね」

内藤新宿《ないとうしんじゅく》の四谷大木戸《よつやおおきど》跡を通り、息を吸い込みながら、お園《その》が呟《つぶや》いた。

「確かに落ち着くな」

井々田吉之進《いいだきちのしん》も顔を上げ、空を見た。文政《ぶんせい》六年（一八二三）、皐月《さつき》。長らく旱天《ひでり》が続いていたが、梅雨《つゆ》の時季に入ったからか、薄曇《うすぐも》りであった。湿った空気の中、辺りに小紫《こむらさき》の花が可憐《かれん》に咲いている。

お園の夫であった清次《せいじ》の後を追い掛けるように旅に出て、二十日ぶりに二人は江戸へ戻ってきていた。

道中、様々な人々に会い、悩みを聞き、それを解決しながら、二人は清次の生《お》い立ち、そして失踪《しっそう》の真実を知った。

清次と再会し、話し合うことも出来たが、運命の皮肉というものか、清次はあの世へと旅立ってしまった。

享年《きょうねん》三十一。二十七歳のお園と、二十九歳の吉之進には、清次の死はあまりに重いものであった。

清次を弔《とむら》った後、江戸へ帰る道程、哀惜《あいせき》の為に二人はあまり言葉を交《か》わさなかったが、同じようなことを思っていた。

――江戸に戻るのではなく、江戸に向かって新たに旅立つのだ――、と。

府中《ふちゅう》から歩き続けて何も食べていなかった二人は、四谷に入ったところで飯屋に立ち寄った。

二人が頼んだものは、御飯、豆腐《とうふ》と茗荷《みょうが》の味噌《みそ》汁、薇《ぜんまい》と油揚げの煮物、生姜《しょうが》の甘酢漬《づ》け。お園はそれに伊佐木《いさき》の衣かけ（唐揚げ）、吉之進は鱚《きす》の天麩羅《てんぷら》を加えた。

武蔵野《むさしの》の道中、淡泊なものを食べ続けていたので、二人とも脂《あぶら》っこいものが欲しくなったのだ。

二人とも夢中で頰張《ほおば》り、お園は衣かけに、吉之進は天麩羅に舌鼓《したつづみ》を打った。綺麗《きれい》に平らげ、お茶を飲んで、満足げに息をつく。

お園も吉之進も、清次が亡くなってから食欲を失ってしまっていたので、これほどしっかり食べたのは久々であった。

お腹が満たされると、やはり力が湧《わ》いてくる。

「あと一息ね」

二人は飯屋を出て、お園の店〈福寿《ふくじゅ》〉がある日本橋《にほんばし》の小舟町《こぶなちょう》へと向かった。

日本橋に辿《たど》り着く頃には、軒行灯《のきあんどん》を灯《とも》す店が増え始めていた。

「八兵衛《はちべえ》さんたち、いい迷惑だったでしょうね。お店の留守番《るす》を、二十日の間も押し付けられたのですもの」

「事情を説明する間もなく、旅に出てしまったからな。確かに、押し付ける形になった。しかし八兵衛殿とお波《なみ》殿のことだ。しっかり店を守ってくれただろう。お民《たみ》殿にも手伝ってもらって」

お園は、夫であった清次が失踪してから、一人で縄のれんを営《いとな》んでいた。その清次の手がかりが見つかったので、取るものも取り敢《あ》えず、八兵衛夫婦に店を預けて旅に出たのだ。

「そうね、それを祈るわ。でも、私の店より心配なのは、吉《きち》さんの寺子屋よ。私の我儘《わがまま》で付き合わせてしまって、本当にごめんなさい。寺子さんたち、寂《さび》しかったでしょうね。慕《した》っているお師匠《ししょう》様が、長い間留守にしてしまって。一番迷惑を掛けたのは、吉さんね」

お園は改めて「ごめんなさい」と、深く頭を下げた。

「何も謝ることなどない。俺が女将《おかみ》に付き添いたくて、そうしたのだからな。寺子屋のほうは、お民殿が寺子の親御さんたちに訳を話してくれているだろう。なに、寺子が減ったら減ったで、また集まるのを待てばよいのだ。心配はいらぬ、大丈夫だ」

吉之進はそう言って、笑った。吉之進の笑顔を久しぶりに見たような気がして、お園は目を細める。

――吉さんが笑うと、私まで元気が出てくるわ――

お園は吉之進に、笑みを返した。素直に微笑《ほほえ》むことが出来たのは、お園も久方ぶりであった。

江戸橋《えどばし》を渡り、米河岸《こめがし》を歩いていると、少し先に見覚えのある姿があった。頭髪はないのに白い顎鬚《あごひげ》を伸ばした、福禄寿《ふくろくじゅ》にも似た小柄な老爺《ろうや》。八兵衛に違いなかった。買い物に出ていたのであろうか、牛蒡《ごぼう》を手にしている。懐《なつ》かしさを覚え、お園は声を張り上げた。

「八兵衛さん！」

老爺が顔を上げ、お園たちを見た。そして、どんぐり眼《まなこ》を瞬《また》かせ、駆けてきた。

「お久しぶり！　お元気そうで、よかった。お店、押し付けちゃって、ごめんなさ……」

お園が謝るより先に、八兵衛は深々と頭を下げ、大きな声を出した。

「お園ちゃん、すまねえ！」

「え、何？」

お園がきょとんとすると、八兵衛はゆっくりと顔を上げ、節くれだった指で目尻の皺《しわ》を擦《こす》った。

「実は、店が……」

お園と吉之進は、顔を見合わせた。

詳しい話は〈福寿〉で聞こうということになり、三人は店へと向かった。溜息《ためいき》をついてばかりの八兵衛の後ろ姿を見ていると、懐かしさで一杯であったお園の心に、言いようのない不安が込み上げてくる。〈福寿〉の前に着いた時には、不安が勝っていた。

久しぶりに見る店は……何とも言えぬような〝寂れた〟雰囲気が漂《ただよ》っていたからだ。

八兵衛が「帰ったよ」と戸を開けると、床几《しょうぎ》に腰掛けていたお波が「お帰り」と気怠《けだる》い声を出しながらこちらを見て、目を丸くした。

「女将さん！　吉さん！　お帰りなさい！　よかったわあ、無事で」

お波は駆け寄ってきて、お園に抱きついた。どうやら一杯やっていたようで、微《かす》かに酒が匂う。

「ごめんなさい、迷惑掛けてしまって。お店を守ってくださって、ありがとうございました」

お園が礼を言うと、お波ははっとしたように身を離し、襟《えり》を正した。

「女将さん、謝らないで。謝らなくちゃいけないのは、あたしたちのほうなんだから……」

お園が口ごもると、八兵衛とお波は並んで、謝る訳を話し始めた。

「お客を皆、近くに新しく出来た〈山源《やまげん》〉って店に取られちまってよ」

八兵衛は悔しそうな面持《おもも》ちで、奥歯を噛《か》んだ。

「あたしたちの料理やもてなしでは、お客を繋《つな》ぎ止めるのは無理だったの。女将さんはやっぱり玄人《くろうと》ってこと。女将さんの料理の凄《すご》さ、もてなしの上手《うま》さを、思い知ったわ」

「こいつの言うとおりよ。素人《しろうと》では敵《かな》いはしないってこった。おまけに〈山源〉って店は、京から江戸に出張ってきた、大店《おおだな》のようだからな。腕の良い板前を何人も揃《そろ》えていて、洒落《しゃれ》た京料理を出すのよ。京のものには、江戸っ子も憧《あこが》れがあるからな。少々高くても、行ってみようという気になるんだろう」

八兵衛は大きな溜息をつく。項垂《うなだ》れている二人を見ながら、お園はお客を奪われたことより、この夫婦に責任を感じさせてしまったことが、辛かった。

「そうだったの……。それで〈山源〉さんって、何処《どこ》に出来たの？　小舟町の近く？」

八兵衛が言い難そうに、顔を顰《しか》めた。

「それが……隣の二丁目なんだ」

お園も思わず眉《まゆ》を顰《ひそ》めた。それならば、目と鼻の先である。お波も悔しそうだった。

「ほら、ずっと仕舞屋《しもたや》になっていたところがあったでしょ。結構大きな店。あそこをいつの間にか買い取って、作り替えたのよ。触込みも派手だったし、評判が評判を呼んで、客が連日押し掛けている状態よ。まったく情けないわ。江戸っ子たちが、どうして京料理をそれほど有難がらなくちゃならないのかしら！」

「まったくだ！　京料理がちょいと珍《めずら》しいからって、どいつもこいつも、飛びつきやがって」

皆の話を黙って聞いていた吉之進が、不意に訊《たず》ねた。

「その〈山源〉の料理は、本当に旨《うま》いのだろうか」

「どうなんだろうな……。俺もこいつも、〈山源〉なんて絶対に行かねえから味は分からねえが、たぶん、皆、物珍しさで行ってるんじゃねえかな」

「あたしもそう思うな。京料理っていう響きで、美味《おい》しさが増して感じられるのかもしれないわ。まあ、あたしたちの料理じゃ敵いっこないけれどね。……でも、女将さんが帰ってきてくれたから、大丈夫よ！　これからまた、お客を取り戻せると思うわ。だって、女将さんのお料理のほうが、きっと絶対、美味しいもの！」

「うむ。こいつの言うとおりだ。お客は戻ってくるだろう。でも……一時でも取られちまったってのは、確かだからな。本当に申し訳ねえことをしたと思ってる。お園ちゃん、許しておくれな」

再び頭を深く下げる夫婦に、お園は慌《あわ》てた。

「許すも許さないも、私が勝手にお二人にお店を押し付けてしまったのだから、悪いのは私よ。謝らないでほしいわ。……ねえ、もう今夜は店を閉めて、皆で酒盛りしない？」

しかし八兵衛とお波は首を振り、丁寧《ていねい》に断った。

「それより、清次の奴はどうだったんだ？」

当然の疑問だろう。だがお園は、まだ上手く話す自信がなかった。

「それは……また今度でいい？　ごめんなさい」

そう言われると、八兵衛もそれ以上は訊《き》けない。「分かった」と頷《うなず》き、続けた。

「ようやく帰ってきたんだ。俺たちに気を遣《つか》うことなんかねえよ。今夜はゆっくり休んでおくんな。……吉さんもよ」

鈍《にぶ》い吉之進でも気づいた。自分を見やる八兵衛夫婦の眼差《まなざ》しに、言いようのない好奇の含みが込められていることに。吉之進は咳払《せきばら》いをし、言った。

「では、女将も無事送り届けたことだし、俺も失礼することにしよう。八兵衛殿の仰《おつしや》るとおりだ。疲れたであろうから、女将、今宵《こよい》はもう休むがよい」

その吉之進の態度で、八兵衛夫婦は、折角の道中、何もなかったことが分かったらしい。呆れたように溜息を吐く。

お園はそれに気付くことなく、三人に頭を下げた。

「お気遣い、ありがとうございます。……そうね、八兵衛さんたちにも旅の出来事を色々聞いてもらいたいけれど、今夜は休ませてもらうわ」

「旅で何があったか、俺たちも聞きたいのは山々だけどよ、女将の躰《からだ》が大事だからな」

「そうよ、お話はいつでも聞けるもの！　ところで、明日はさすがにお休みにするでしょう？」

「ううん。明日の夜から、始めます。お昼はさすがに休もうと思うけれど」

微笑むお園に、八兵衛が唸《うな》った。

「それは大したもんだ！　それでこそ女将だが、決して無理はするなよ」

「無理なんかしてないわ。私は丈夫なのが取り柄《とえ》ですもの！　本当はお昼から始めたいのだけれど、材料も少し揃えたいし……」

八兵衛は「そうだ、そうだ」と板場へと行き、壺《つぼ》を持ってきて、お園に渡した。

「売り上げはここに貯《た》めておいたよ。……といっても、ごく僅《わず》か。雀《すずめ》の涙よ。赤字にならずに済んだのは、最低限の材料しか買わなかったからだ。お役に立てず、本当にすまねえ」

「赤字にならなかっただけでも有難いわ！　どうにか遣《や》り繰《く》りして、お品書きを考えてみます」

お園は壺を大切に抱え、微笑んだ。吉之進も風呂敷包みを掲げる。

「旅で手に入れた、武蔵野の食材もあるしな。女将に任せておけば、大丈夫だ。またお客を誘い込むような料理を、考え出すだろう。旅先での女将の活躍を、八兵衛殿とお波殿にも、早く聞かせて差し上げたい」

吉之進が笑うと、八兵衛夫婦は目を丸くした。

「なんだい、女将は旅に出ても、料理で世話を焼いてたって訳かい？」

「ああ、そういうことだ。それはまた、ゆっくりと」

「もう、吉さんったら」

お園は吉之進を軽く睨《にら》む。八兵衛はにやりと笑った。

「早くその話を聞きたいから、明日の夜、必ず来るわ。文太《ぶんた》と竹仙《ちくせん》も連れてな」

「お待ちしているわ。……ところでさっきから思っていたのだけれど、文《ぶん》ちゃんと竹仙の旦那も、もしや〈山源〉さんのほうにいってしまったのかしら？　ここに姿がないということは……」

お園の切れ長の大きな目が、きらりと光る。八兵衛は項垂れ、額《ひたい》を叩《たた》いた。

「さすがは女将。勘が働くなあ。……ホントにすまねえ。お察しのとおり、あいつらも〈山源〉に通ってらあ。それもこれも、女将の顔が見られず、女将の料理を食えず、寂しかったからよ」

「そうよ。文ちゃんも竹仙の旦那も、女将さんが留守にしちゃって、しょぼんとしてたもん。あたし、改めて女将さんの人気を悟ったわ！　だから女将さんが帰ってきたっていったら、喜ぶわよぉ、あの二人！　たちまち、〈福寿〉に戻ってくるわ」

「戻ってくれたら嬉《うれ》しいけれど……。でも、〈山源〉さんって、やはり魅力のあるお店なのね。あの二人をも惹《ひ》き付けるのですもの。女中さんも綺麗どころを揃えているのかしら」

お園がそう思ったのは、文太も竹仙も女好きであることを、重々知っているからだ。

「いや、〈山源〉は女は置いてねえみてえだよ。なんでも板長が女をあまり好ましく思ってないようで、店に置くのを頑《かたく》なに拒《こば》んでいるそうだ。『女は気まぐれやから、働かんでもええ』、ってな」

「まあ」

お園は眉を顰めた。

「〈山源〉の人気は、単に、やはり料理が旨いってことなんじゃねえかな。料理を作ってんのは、厳しい板前の修業をしてきた者たちみたいだしな」

「あのお店は、そういうところ、本当に厳しいらしいわよ。下っ端の板前なんて、怒鳴りつけられるのが当たり前で、逃げ出す人もいるらしいわ。あたしも、買い物に行く途中で見掛けたことあったの。お店から少し離れたところの物陰で、あそこの下っ端の板前が、ぐすぐす泣いているところを。上の人に怒られたのね、きっと」

「まあ……そんなことが」

お園は、ふと思い出した。板前であった亡夫、清次の面影《おもかげ》を。多くは語らなかったが、清次も江戸に出てきて、厳しい板前の修業に耐えたようなことを話していた。一人前の板前になるには、そのような過程は、避けて通れぬことなのだろう。

複雑そうな顔をしているお園に、八兵衛が告《つ》げた。

「もし〈山源〉が気になるなら、近所だし、一度、挨拶《あいさつ》に行ってみるといいんじゃねえかな。……実は女将が留守の時、〈山源〉の主《あるじ》がここに挨拶にきたんだよ。『近くで店を始めましたんで、よろしくお願いします』、ってね」

「そうなのよ。それで、『生憎《あいにく》ここの女将は今、旅の最中です』って返したら、『ではお帰りになった頃に、また改めて御挨拶に伺《うかが》います』なんて言ってたわ。だから、女将さんが帰ってきたことを聞きつけたら、また来るとは思うけれど、こちらから先に挨拶に行ってもいいんじゃない？」

「商売敵《がたき》といっても、御近所だからな。こちらから挨拶に行って、相手も嫌な印象を抱くことはねえだろう」

「そうね……確かに」

——御近所ならば、尚更《なおさら》、良い印象を与えておいたほうがいいわ。お店同士の関係も、円滑《えんかつ》に運ぶだろうし――と、お園は考えた。

「まあ、そんなに急ぐことはないだろうけど、考えてみるといいさ。〈山源〉の中を覗《のぞ》くことも出来るだろうからな。何か得ることがあるかもしれねえ」

「いつもながら、御助言、ありがとうございます」

お園は八兵衛夫婦に頭を下げた。

三人は帰っていき、お園は一人になった。しっかり戸締りし、店の中を眺め、ほっと息をつく。こぢんまりとしているが、温かみのある空間。〈福寿〉は、お園の城なのだ。

荷物を解《ほど》き、清次の父親、征義《せいぎ》から譲《ゆず》り受けた包丁を取り出し、板場へと入る。まな板の上にそれを載せ、お園は手を合わせて、少しの間、拝《おが》んだ。

――清《せい》さんの分まで頑張りますので、これから、私を、そしてこの店を、どうかお守りください――

目を開くと、温かな光を感じた。何かに包まれているような思いで、お園は再び、包丁に向かって手を合わせた。

二階に上がり、簞笥《たんす》から浴衣《ゆかた》を取り出してそれに着替え、お園は安堵《あんど》の息を漏《も》らした。

——心地良い——

肌触りの良い浴衣を纏《まと》い、旅の疲れが、徐々に躰から取り払われていくようだ。

清次を追っての旅は、お園にとって、あまりに重く、苦しいものであった。

お園は畳に脚を崩して座り、団扇《うちわ》を手にそっと扇《あお》いだ。

旅では吉之進とずっと一緒で、旅籠《はたご》で眠る時も隣の部屋に居たので、一人きりの夜を過ごすのは実に久しぶりだ。

お園は布団を敷いて、床《とこ》に入り、そっと目を閉じた。〈山源〉のことなど心配事も色々あるが、久方ぶりの我が家はやはりなんとも心地良く、お園はすぐに眠りに落ちていった。

二

翌日、お園は紅藤《べにふじ》色の着物を纏い、深碧《ふかみどり》色の帯を締めた。渋い色合いを好むお園にしては、少々華やかな装《よそお》いである。

清次のことで喪に服しているつもりであっても、お園は気分を変えてみたかった。

——いつまでも悲しみに耽《ふけ》ってはいられない。頑張らなくては——

また、仕事の日々が始まるのだ。お園は、自分を奮《ふる》い立たせた。

午過《ひる》ぎにその姿で買い出しに行き、戻ってきたところ、近所の楊枝屋《ようじ》の内儀であるお芳《よし》に、「あら、お園さん、お帰りなさい！」と声を掛けられた。

「わりと長い留守だったわねえ。もしかして密《ひそ》かに祝言を挙げて、そのまま旅に行ったのかしらって、主人とも噂《うわさ》してたのよ」

お芳になんとも的外《まとはず》れなことを言われ、お園は苦笑いだ。

「いえいえ、まったく違います。いわば、お料理を追い求める旅だったんですよ」

「あら、そうなの。それは残念！　でも、お園さん、おめかししちゃって妙に艶《つや》っぽいから、何かいいことでもあったのかと思って。吉さんだっけ、あの人と一緒だったって八兵衛さんやお波さんに聞いたから、てっきり、ね」

「そんなことは、まったくございません。吉さんには、用心棒として付き添ってもらっただけです。このような着物を選んだのは、江戸に戻ってきて、また新たに頑張ろうという、前向きな気持ちの表れです。……お客さん、減ってしまったみたいだし、張り切らないと」

お園は微《かす》かに肩を竦《すく》める。お芳は、お園の肩にそっと手を置いた。

「なるほど、明るい気分で、またお店を守《も》り立てていこうってことね。大丈夫、お園さんが戻ってきたんだから、またお客も戻ってくるわよ！……そうね、これを機に、お園さん、多少華やかな装いにしてもいいかもね。お客さん、いっそう喜ぶかもしれないわ。まあ、お園さんは美人だから、どんな格好でも似合うけれど」

「お心遣いのお言葉、ありがとうございます。でもお芳さんには到底敵いませんわ」

お園とお芳は微笑み合った。お芳も、四十路《よそじ》ながら、十は若く見えるほどの器量良しなのだ。

「まあ、無理はしないでね。なんだかお園さん、また少し細くなったみたいだから、躰にはくれぐれも気をつけて」

「はい。これから暑くなりますから、お芳さんもどうぞお気をつけて」

お芳はお園の肩を励ますように優しく叩き、店へ戻っていった。

仕込みを始め、七つ（午後四時）に店を開けたものの、やはりなかなかお客は来なかった。がらんとした店の中、時間が経《た》つにつれ、お園の溜息が増えていく。

六つ（午後六時）にようやく戸が開き、八兵衛夫婦が約束どおり文太と竹仙、お民まで連れて入ってきた。

「いらっしゃいませ！　文ちゃん、旦那、姐《ねえ》さんまで！　お久しぶりです！」

お園は顔をぱっと明るくさせ、皆を迎え入れる。文太と竹仙は駆け寄ってきて、お園を囲んだ。

「女将、無事でよかった。心配したぜ、どこにいっちまったのかって」

「まことに。吉さんが一緒というから、大丈夫とは思ってましたけどねえ。あたしも気が気ではありませんでしたよ」

そんな二人を横目で見ながら、お民が鼻白んだ。

「ふん。とかなんとか言いながら、〈山源〉で呑み食いしてたくせに。まったく調子がいいんだから」

するとと文太と竹仙、頭を掻《か》きつつ、素直に詫《わ》びた。

「すまねえ、女将がいない寂しさに、〈山源〉に浮気しちまったってのは本当だ。でも、もう通うのは、誓《ちか》ってやめる！　だから許して」

「あたしも、もう〈山源〉には行きません。……実を言いますと、味にも少々飽きてきたところだったんでね。薄味なんですよ、西の味ってのはね。やはり江戸っ子のあたしたちには、江戸の味が合うって、身を以《もっ》て知りました。そして江戸の味といえば、〈福寿〉が一番ですからね」

「そうそう、旦那の言うとおり！　京の味ってのは上品過ぎて、どうもね。初めは有難いんだけどさ」

　ぶつぶつ言い始めた二人を、お園は笑顔で促《うなが》した。

「皆さん、相変わらず賑《にぎ》やかね。積もるお話はあるでしょうが、先にどうぞ上がって！　すぐにお通しとお酒を用意しますからね」

「やっぱり女将はいいねえ。今日の着物も似合ってらあ」

　五人とも相変わらずの笑顔で、小上がりに座る。店が一気に活気づき、お園も嬉しくて仕方がない。お園は小走りに板場へと入っていき、お通しと酒を、すぐに運んだ。

「蚕豆《そらまめ》の胡麻和《ごまあ》えです。お酒が進みますよ」

茹《ゆ》でた蚕豆を、白胡麻に酒と味噌と醬油《しょうゆ》を絡ませて胡麻油で軽く炒《い》ったものので、和えたのだ。皆、一口食べ、相好《そうごう》を崩した。

「ううん、これだ！　この濃いめの味が、旨いんだ」

「本当に。お酒はもちろん、御飯もほしくなるわねえ」

「旬《しゅん》の蚕豆をこんなふうに味わえるなんて、嬉しいねえ。お園ちゃんが戻ってきてくれて、本当に良かった」

「まったくだ！　簡単に思えてもよ、俺たち素人が作るのとは、やっぱり訳が違うのよ。女将の腕が、よおく分かったぜ」

「確かに。八兵衛さんたちが作ったのと食べ比べてみて、あたしも女将の腕を再認識しましたよ。ははは」

　皆の笑顔が、お園に力をくれる。

「蚕豆って、さやの形が蚕《かいこ》に似ているからそういう名がつけられたとも、実が空に向かってつくからとも言われますよね。色々なことがあっても、空に向かって、空を見上げてこれからも頑張っていこうと思って、蚕豆を使ってみたんです」

　皆がお園を見る。八兵衛が言った。

「なるほど。旅から戻ってきた、女将の決意の表れって訳か。この蚕豆は」

「〈福寿〉もまた空に向かって、ぐんぐん成長していくわよ。やっぱりいいもの、この店は」

皆、「本当だよねえ。いいよねえ」と口々に言う。お園は皆に頭を下げ、板場に戻り、包丁を握って次の料理に掛かった。

それを運んでいくと、皆、酒が入って、いっそう賑やかだった。お園が出した煮物を見て、お民が目を瞬かせた。

「あら、これはお芋？　なんだかちょっと変わってるけど」

「はい、そうです。武蔵野を旅して、そこで手に入れました。まだ江戸では見掛けない、新しいお芋です。おイネのつる芋と言って、異国から長崎に渡り、甲斐《かい》へと流れ、武蔵野に入ってきたそうです。とても美味しいお芋ですので、是非、召し上がってみてください」

皆、興味深そうに、芋を眺める。煮物には、ほかに蚕豆と茄子《なす》も入っていた。

「へえ、珍しい芋なんだな。……どれ、どんな味かい」

八兵衛が箸《はし》で芋を摑み、頰張る。何度か嚙み締め、どんぐり眼を瞬かせた。

「う、旨《うめ》え！　なんだこの芋は！」

八兵衛の言葉に、皆、ざわめく。

「なんだい？　そんなに旨いのか？」

ごくりと喉《のど》を鳴らし、文太も芋を齧《かじ》る。そして八兵衛と同じく、目を見開いた。

「こんな芋、初めて食った！　女将、これ本当に芋かい？　里芋や薩摩《さつま》芋なんかとまったく違うぜ」

「はい、本当にお芋です。私も初めて食べた時、驚きました。粘りも甘みもないので、お料理にとても使いやすいんです。癖《くせ》がないから、こうして煮物なんかにすると、味もすっと染み込みますしね」

お波もお民も竹仙も急いで味わい、感嘆の声を上げた。

「女将さん、これ、〈福寿〉の目玉になるわよ！　このお芋、絶対に使うべき！」

「お波ちゃんの言うとおり。いやあ、美味しいわ。この煮物でお客さん、まただんどん入ってくるようになるって」

「これは凄い収穫でしたね。この芋の料理、あたしも色々食べてみたいです。つる芋ですっけ、この芋に巡り会えただけでも、武蔵野まで行った甲斐がありましたよ」

皆に褒《ほ》められ、お園も満足げな笑みを浮かべる。

お園は次に、つる芋を使った天麩羅を出した。サクサクの天麩羅に、皆、大喜びだ。

「いやあ、これも堪らん！　酒が進んで仕方がねえ」

「お園ちゃんが揚げる天麩羅は、絶妙なんだよ。脂っこくなくて、胃もたれしないの。頰っぺた落っこっちゃいそうだ」

「これは、さっきのお芋を拍子木切りにして、刻んだ青菜と一緒に搔《か》き揚げにしたのね。この青菜は何だろう。小松菜でもないし、ほうれん草でもないし」

「この青菜は、のらぼう菜というんですよ。これも、武蔵野で見つけました」

「まことに旨いですねえ。武蔵野で採れるものを江戸前の天麩羅にするなんて、粋《いき》ではありませんか。流行《はや》りますよ、これ。あ、女将、すみません、お代わりください」

「あ、俺もお代わり！」

八兵衛もぺろりと平らげ、皿を眺めながら、呟いた。

「旨いよなあ、本当に。久しぶりに女将の料理を味わって、しみじみ思うぜ。……でも、申し訳ないような気もするなあ。俺たちが稼げなかったから、せっかく武蔵野で手に入れた食材を早速使わせるようなことになっちまって」

一瞬、店が静まるが、お園が笑い飛ばすように言った。

「大丈夫ですよ！　武蔵野でもあちこちに知り合いを作ってきましたから、食材がなくなったら送ってもらいますので。もしくは吉さんに頼んで、買いに行ってもらいますから！」

「吉さんにか、そりゃいいや！」

お園のくよくよしない明るさに、皆、つられて笑う。皆、お代わりをし、酒が廻ってくると、こんなことを言い始めた。

「それで吉さんとは、どうなったんだい？」

お園は正直に答えた。

「どうもこうも、ありません。吉さんはあくまで用心棒として、私の旅の力になってくださいました。感謝の限りです」

皆、顔を見合わせ、薄笑みを浮かべる。皆の好奇に満ちた眼差しに、お園は少々たじろぐ。文太がにやにやしながら言い返した。

「男と女が二十日も一緒にいて、何もないなんてことあるのかなあ」

「それも女将のような美人と一緒にいて、ですよ。それで手を出さない男がいたとしたら、これですよね」

竹仙がしなをつくって手を口の辺りへと持っていき、男色を匂わせる身振りをする。お民もすっかり酒が廻って、顔を赤くしながら言った。

「もし本当に吉さんと何もなかったっていうなら、今度の旅で、吉さんは清次に遠慮《えんりょ》してたってことだね。それしか考えられないよ。で、清次とは会えたのかい？」

皆が訊きたくても訊けなかったことをお民がさらりと訊いて、場が一瞬静まった。その中、八兵衛が代表するように口を開く。

「……いいかい、訊いても。あの、花祭りの時に見掛けた男ってのは、本当に清次だったのかい？」

「この人とも言っていたのよ。『もし件《くだん》の男が清次さんだったとして、女将さんはどうするんだろう』、って。そして、女将さんは吉さんと戻ってきた。清次さんに会えたのか会えなかったのか、どちらなの？」

皆がお園を見つめる。お園は一息ついて、答えた。店に響き渡るような、澄《す》んだ声で。

「清さんには会えました。でも、清さんは、亡くなりました」

「そうだったのかい……」

お園の話を聞き終えると、八兵衛が沈んだ声を出した。

お園は旅の一部始終を、話した。清次とのこと、そして清次の父親のこと、すべてを。信頼の置ける仲間たちには、聞いてほしかったのだ。皆、真剣な面持ちで耳を傾け、深い溜息をついた。誰も、言葉がなかなか出てこないようだった。

その静寂を破るかのように、八兵衛が言った。

「吉さんについていってもらって、よかったな」

お園は大きく頷き、「少しお待ちください」と言って、板場へと下がった。そして、旅で出会った人々を思い出しつつ、江戸の仲間たちへ思いを込めて、腕を振るった。

つる芋と山芋を茹で、潰し、混ぜ合わせる。それに小麦粉と卵黄を加え、刻んだのらぼう菜を混ぜ、胡麻油でこんがり焼き上げる。

お園がその料理を運ぶと、芳《かぐわ》しい匂いに、皆、目を細めた。

「つる芋は武蔵野で採れたもの。山芋は江戸で採れたものです。武蔵野、江戸、それぞれの良さを思い知り、皆様に感謝を込めて、作ってみました」

皆、早速、頬張る。ふわふわ、とろりとした舌触りに、皆、目を細めた。頬張りつつ、お民が言った。

「お園ちゃん、一段と逞《たくま》しくなったんじゃない？　清さんの死を乗り越えて」

皆、優しい眼差しでお園を見つめる。八兵衛が声を上げた。

「さすがは日本橋の女将よ。逞しくなくちゃ、やっていけねえよな」

「ねえ、このお料理。ふわふわ、とろとろしながらも、結構どっしりと食べ応えがあるわよね。なんだか女将さんみたい。見た目は嫋《たお》やかだけれど、中身は何事にも動じないっていうか」

「ああ、そう言われれば、そうですねえ。女将さんには、あたしも頭が下がります。強いのに、優しくてね」

「いや、女将は、強いからこそ優しいんだよ。芯《しん》がしっかりしてるから、温けえんだ。だから俺たち、つい女将の店に来ちゃうんだよな。応援したくなるんだ」

「そんなことがあったのに、辛い顔ひとつせずにこうして店に立ってさ。……お園ちゃん、頑張ってるね」

お民が、そっと指で目を擦る。お園は皆に、頭を下げた。

「お店があるから、頑張っていられるんですよ。皆さんがいてくれるから、涙をこぼさずにすむんです。ありがとうございます、本当に」

「俺たちは女将を応援し続けるぜ。困ったことがあったら、いつでも言ってくれな」

八兵衛の言葉に、皆、頷く。お園も胸を熱くさせながら、頷き返した。

三

お園は翌朝、いつもより少し早く起きた。蒸し暑くて、眠りが浅かったのだ。大きく伸びをして、躰を軽く動かしてみる。お園は扇子《せんす》を手に取り、白拍子《しらびょうし》の舞をそっと舞う。元町《もとまち》に住む、踊りの師匠であるお篠《しの》に、教えてもらったのだ。

――背筋を伸ばしたまま、腰を落として――

だが、一度教えてもらったくらいでは、舞えるのも出だしのところぐらいだ。出だしの踊りを繰り返しつつ、お園は思った。

――旅をして、自分の体力が落ちていることに気づいたのよね。普段から、もっと躰を動かしたほうがよいのかも。こうして踊りを少々するだけでも、違う感じがするわ。躰が柔らかくなって、生き生きと目覚《めざ》めてくるのが分かるもの。ふふ、これからお篠さんのところに、踊りを習いに通うことにしようかしら――良いことを考えついたような気がして、扇子を持つ手も軽やかに翻《ひるがえ》る。

――でも、まあ、踊りを習うより、お店を無事に立ち直らせるほうが先だけれど――

お園は苦笑いを浮かべ、扇子で口元を覆《おお》った。

朝餉《あさげ》には、この季節にお園が好んでよく食べる、白滝《しらたき》の素麺《そうめん》もどきを作った。蒸し暑いので、さっぱりしたものを躰が欲しているのだ。

白滝を茹でてよく水気を切って冷まし、それに冷ました汁を掛け、刻んだ葱《ねぎ》と花茗荷をたっぷり載せた。

「うん」

白滝がつるつると喉を通っていく。涼しげな食感に、お園は脚を少し崩して、満足の笑みを浮かべた。爽《さわ》やかな美味しさに、お園の心配事も吹き飛んでいくようだ。

――今日も一日、頑張れそう――

ぺろりと平らげ、お園は食べ物に感謝の意を込め、「御馳走《ごちそう》さまでした」と手を合わせた。

朝餉が終わると、お園は身支度《みじたく》をした。今日は昼の休み刻に〈山源〉に挨拶をしにいく為、いつもより丁寧に肌身を整える。

糸瓜《へちま》から採った水に、白粉《おしろい》を溶かし、それを肌に塗っていく。お園は鉛《なまり》の入っている白粉は使わず、米粉や白粉花の種子などから作られる、肌に優しいものを用いる。お園のきめ細かく白い肌は、それをごく薄く塗るだけで、いっそう華やぐのだ。白粉を首筋、胸元にまでうっすら伸ばし、眉を整え、仄《ほの》かに色づくように紅を差した。丁寧に結《ゆ》った島田髷《しまだまげ》には、櫛《くし》を挿《さ》す。

若緑《わかみどり》色の着物を纏い、薄橙《うすだいだい》色の帯を締めた。この時季、着物はもう袷《あわせ》ではなく、単衣《ひとえ》だ。すらりとした躰にそのような彩りを纏ったお園は、そろそろ盛《さか》りの松葉牡丹《まつばぼたん》のようにも見えた。

昼餉の刻には、八兵衛夫婦がお梅《うめ》を連れてきてくれたが、その三人だけだった。お梅とは、八兵衛夫婦の近くに住んでいる、二十一歳のお俠《きゃん》である。

「文ちゃんと竹仙の旦那は、たぶん夜にまた来るんじゃない？　お民さんは、良太《りょうた》ちゃんが熱を出したみたいで、今日は来られないかもね」

お梅から聞き、お園は肩を竦《すく》めた。

「皆に気を遣ってもらって、申し訳ないわ。お民姐さん、良太ちゃんの具合が悪いのに、昨夜も来てくれたのね。……皆に、『無理しなくていいから』って私が言っていたと、伝えておいてね」

「なに、気にすることねえよ。皆、来たいから来るんだからよ。……しかし、この素麺もどき、旨《うめ》えなあ。つるつる入っちまう」

「本当、美味しいわあ。女将さんのお料理って、やっぱりいいわね」

「天麩羅も美味しいよね。あたしが作ったって、絶対にこんなにサクサクに揚がらないもん！　あーあ、男と女の仲もサクサク、カラッといかないもんかしらね。女将さんの天麩羅みたいに、さ」

お園が朝餉に食べた、白滝の素麵もどきを八兵衛たちにも出したのだ。葱と花茗荷のほか、旅で手に入れた楤《たら》の芽を天麩羅にして、載せた。これが好評で、胃にまったくもたれないと、皆、お代わりして帰っていった。

昼餉の刻も終わり、お園は戸締りをして、〈山源〉へと赴《おもむ》いた。〈山源〉がある二丁目といえば、目と鼻の先だ。その途中、お園の店にいつも酒を届けてくれる、三河屋《みかわや》の手代の善三《ぜんぞう》とばったりと会った。お園を見て、善三の顔はみるみる明るくなる。

「女将さん、お帰りなさい！　旅から戻っていらしたって噂で聞きやしたんで、今日の夜にでもお伺いしようと思ってたんです。いやあ、御無事でよかった！……あれ、なんだか……もしや」

善三は今度は眉間《みけん》に皺を寄せ、お園の顔を覗き込むように見る。お園は慌てた。

「ど、どうしたの？　私の顔に何かついてる？」

「ふうむ……。いや、なんだか旅からお帰りになって、一段とお綺麗になられたような気がしやしたんで。道中、何かあったのかと思いやしてね」

善三は怪訝《けげん》な顔で顎を摩《さす》る。お園は思わず笑んだ。

「善《ぜん》ちゃん、何を言ってるのよ！　……旅は楽しいことばかりではなくて、結構きつかったんだから」

「そうだったんですか。親戚の方に、何かありやしたか？　八兵衛さんから伺いやした。女将さん、遠くにいる親戚の身に何か起こって、旅に出られた、と」

八兵衛はどうやら、お園が旅に出た理由を正直に話していたのはごく仲間だけで、善三などには「親戚の者」と少し誤魔化《ごまか》してくれていたようだ。お園は改めて、八兵衛に感謝した。

「ええ、そうよ。その親戚の人が亡くなって、葬儀を済ませて、戻ってきたの」

お園が答えると、善三は沈んだ顔になった。

「それは……お辛かったでしょう。御愁傷様《ごしゅうしょうさま》でした。何も知らなくて、すみません。……あっし、悔しいです。女将さんがお辛かった時、自分は何も力になれやせんで」

「そんな。……善ちゃんのそのお言葉だけで、充分よ。ありがとう」

しかし、善三は納得のいかぬように首を振った。

「いや、悔しいです。女将さんに付き添って、守って差し上げることも出来ず。……噂で聞きやした。あの吉って人と女将さん、道中一緒だったのでしょう？」

善三は上目遣いで、お園をじっと見つめた。この善三、実はお園に惚《ほ》れているのであるが、お園は弟のようにしか思っていない。

「吉さんは、用心棒として付き添ってもらったの。女一人の旅は、やはり不安だもの。ほら、あの人、がたいが良くて、強いから。元同心だし」

それでも善三は、腑《ふ》に落ちぬ様子だ。お園は溜息をついた。

「本当に、吉さんとは、そういう仲じゃないの。なんていうのか……男と女を超えているのよ」

お園はふと口を噤《つぐ》み、思った。

――私と吉さんは、どういう関係なのだろう――

善三は鼻の頭を擦りながら、お園に訊ねた。

「……つまりは、兄と妹、みたいな感じってことですか？」

「そ、そうね！　まさに、そのとおり。力の強い兄さんに、お供をしてもらったって訳よ。荷物もぜんぶ持たせてね」

お園が微笑むと、善三もつられてようやく笑った。

「そうですか！　吉さん、荷物持ちだったたって訳ですね。納得しやした。それなら吉さん、最適でしょう。……ああ、腑に落ちたら、なんだか腹が北山時雨《きたやましぐれ》（お腹が空《す》く、の意味で当時の俗語）になって参りやした！　今夜、必ず〈福寿〉にお伺いしやすんで、よろしくお願いいたしやす」

「ありがとう。美味しいもの用意して、お待ちしてるわ」

善三がいつもの調子に戻ったので、お園も安堵する。

「ところで女将さん、どちらかへお出掛けですか？」

「ええ、二丁目に出来たという〈山源〉さんへ、御挨拶に」

すると善三、また少し難しい顔になった。

「〈山源〉ですか……。あそこの主さんはまだ穏やかなようですが、板前は癖が強いのがいますんで、お気をつけなさったほうがいいですぜ」

「ああ、そのことは、文ちゃんや竹仙の旦那から聞いているわ。気難しい人がいるのでしょう」

「ええ。あっしは一度しか行ってませんが、板場から怒鳴るような声が聞こえてきましたから。上の板前が、下っ端を怒っているようでした」

「まあ……。でも、お店の雰囲気は良いのでしょう？ 連日、大入りって聞くし」

「ううん、どうかなあ。店の雰囲気は、あまり良くないと思いましたがね、あっしは。なんていうか、京の人って、やけに矜持《きょうじ》を持っているじゃありやせんか。それがなんだか偉そうというか、あまりに敷居が高いような気がしやして。『なんで食いに行ってお客のほうが気を遣わなきゃならねえんだ！』って、思いやしたよ。それが好きな人もいるんでしょうけどね。あっしには合わねえと、一度っきりしか行ってませんや」

「お料理はどうだった？ やっぱり美味しいでしょう？」

一番気になることを、訊ねてみる。

「いやあ、確かに美味しいですけど、食べ続けていると飽きるような気もしやす。なんていうのか、気取ってるんですわ、味が。気取り過ぎれば、野暮《やぼ》になりますでしょう？　あっしみたいな生粋《きっすい》の江戸っ子は、もっと鯔背《いなせ》な味が好みなんですわ。気取らず、それでいて、五臓六腑にがつんとくる。……そう、まさに〈福寿〉の料理です」

お園と善三は微笑み合う。励ましてくれる善三が、お園は有難かった。

「だから女将さん、気にすることなんてまったくないですぜ！　今のところ皆、物珍しさで〈山源〉に行ってるだけで、そのうち静まって参りやすよ。そしたら、また〈福寿〉が大繁盛《はんじよう》いたしやす。なんてったって、美人の名物女将が帰っていらしたんだから！」

「お心遣いのお言葉、本当にありがとう。善ちゃん、優しいのね」

「いえいえ、早速、配達ついでにいろんなところで、『〈福寿〉の女将さんがお戻りになった』って触れ回って参りやす。女将さんのお力に少しでもなれやしたら、嬉しいんで」

「善ちゃん……。頼もしいわ、本当に」

お園の潤《うる》んだ目でじっと見つめられ、善三の顔がみるみる赤くなる。善三は、

「じゃあ、今夜必ず!」とお園に何度も頭を下げ、配達に戻っていった。

その後ろ姿を見送り、お園はしずしずと西堀留川《にしほりどめがわ》に沿って歩いていく。

道すがら、お園は文太と竹仙に教えてもらったことを、思い出していた。

〈山源〉の主は山岡《やまおか》という、貫禄のある五十路《いそじ》の男だそうだ。

板前は十名ほどいて、その長は寛治《かんじ》という男で、三十代半ば。寡黙《かもく》で、近寄り難い雰囲気を醸《かも》し出しているが、腕はさすがだという。

二番手は、浩助《こうすけ》という男で、寛治より歳は一つ上とのことだ。ほかの板前たちを指導する立場で、かなり厳しいという。大和《やまと》の出身で、寛治とは好敵手といった関係だそうだ。

三番手は、昇平《しょうへい》という二十代半ばの男。朗《ほが》らかで、気さくで、昇平の雰囲気が〈山源〉を明るくしているといっても過言ではないという。

文太が、こんなことを言っていた。

「昇平って板前は人当たりが良くて、可愛い感じだから、お波さんの好みかもよ」、と。するとお波が「あら、じゃあ、その昇平さんって人、今度〈福寿〉に連れてきてよ」などと乗り気になり、八兵衛に耳朶《みみたぶ》を抓《つね》られていた。

——〈山源〉さんには、個性のある板前さんたちが揃っているみたいね。どんなお店なのかしら——

〈山源〉にはすぐに着き、お園は店の前で襟をそっと正した。大きく、立派な店であるのは、外からも分かる。戸には〈仕込み中〉と札が掛かっていたが、お園はそっと開けてみた。

中を見て、お園は目を見張った。それは綺麗で、〈福寿〉など比べ物にならないほどの広さと造りだ。

——予想していたよりも、凄いわ。どうしよう、なんだか緊張してきちゃった——

お園は怖気《おじけ》づき、息を呑む。すると、後ろから声を掛けられた。

「すんまへん。今、仕込み中なので、あと四半刻（三十分）ほどお待ち願えますか」

「あ、はっ、はいっ！」

お園は驚き、振り返る。人の好《よ》さそうな板前が、笑みを浮かべて立っていた。

——もしやこの人が、昇平さんかしら——

そんなことを思いつつ、お園は気持ちを落ち着かせた。

「あの、本日は御挨拶に伺いました。私、一丁目で〈福寿〉という縄のれんを営《いとな》んでいる者です。少しの間、旅に出ていたのですが、その時に、こちらの御主人様が私の店に御挨拶にいらしてくださったと、留守を頼んだ者から聞きました。せっかくお越しくださいましたのにお会いすることが出来ませんでしたので、そのお詫びと、改めて御挨拶させていただきたく、本日お伺いしたという訳です。主様、いらっしゃいますでしょうか」

「ああ、そういうことですか。すんまへん、生憎、山岡は今出てしまっておりま す。でも、せっかく来てくださったんですから、中に入って、一休みなさってください。板前たちは揃ってますんで、挨拶させます。あ、不愛想《ぶあいそう》な者たちが多いですけど、気にせえへんでください」

板前は笑顔で答えた。笑むと目尻がいっそう垂れるようだ。

お園が少し躊躇《ためら》うと、板前が続けて言った。

「〈福寿〉の女将さんのことは、私も聞いてました。女将さんがお留守にしていた間、〈福寿〉のお客さんがこの店にも来てくださって、噂なさってたんです。皆さん、嘆《なげ》いてましたよ。『美人で優しい女将さんが留守だから、寂しい』、って。『女将さんが作る美味しい料理を味わえないのが、辛い』、って。いやあ、〈福寿〉の女将さんは人気でいらっしゃる、お会いしたいって、思ってました」

お園はなんだか恥ずかしくなり、肩を竦めた。

「いえいえ、私も〈山源〉さんの御評判はお伺いしています。あまりに立派な構えなので、気圧《けお》されてしまっていたところです。うちは本当に小さなお店ですので。……あ、私、園と申します」

お園が頭を下げると、板前も礼をした。

「私は昇平といいます。御近所同士、これからよろしゅうお願いします」

板前は、お園が察したように、やはり昇平であった。昇平の爽やかな笑顔に、お園の緊張も解けていく。

――京訛《なま》りって、やはりいいわね。ふんわり柔らかくて――

昇平に促され、お園は店の中に入り、ほかの板前にも挨拶することにした。中は、開店前で、慌ただしそうであった。「早くせんかい！」という怒声が聞こえてきて、お園は思わず身を強張《こわば》らせた。そんなお園に、昇平は優しく言った。

「本当にすんまへん。始まる前は、いつもこないな感じなんです。ちょっとお待ちくださ い。板長に挨拶させますんで」

昇平はお園を座敷に上がらせると、いったん板場へと行ってお茶を持ってきて、また板場へと戻った。

——昇平さんは親切ね。ほかの人たちも、怖くなければいいのだけれど——

そんなことを思いつつお茶を啜《すす》り、お園は目を見張った。

——なんて美味しいの。これは京のお茶？　宇治茶《うじちゃ》かしら。まろやかで……喉を転がるように通っていく。熱いのに、涼しげ。さすがだわ——

お茶の味わいにお園が感動していると、昇平が、板長らしき男ともう一人を連れて戻ってきた。板長と目が合い、お園は怯《ひる》んだ。男の顔つきは厳しく、その眼差しは鋭かった。

昇平は男をお園に紹介した。

「うちの板長です。こちらは、一丁目の〈福寿〉というお店の女将さんでいらっしゃいます。本日は、御挨拶にいらしてくださいました」

お園は丁寧に礼をした。

「園と申します。留守にしておりました際、こちらの主様が御挨拶にいらしてくださったそうで、お目に掛かることが出来ず、たいへん失礼いたしました。そのお詫びも兼ねまして、本日、御挨拶にお伺いいたしました。御近所同士、仲良くさせていただきたく、今後ともよろしくお願いいたします」

「私は、この店の板長の寛治といいます」

寛治は静かに、ただそれだけで会釈《えしゃく》をすると、隣にいた男が前に出てきて言った。

「私は次板《つぎいた》の浩助と申します。ところで主の山岡が御挨拶にいったといいますなら、十日以上も前でしょうが、ずいぶん長く店を空《あ》けてたんですな」

浩助の声は低く太く、どことなく怒っているようで、お園は良い気持ちがしない。

「え、ええ。身内にちょっと厄介事《やっかいごと》が起きまして」

お園が口ごもると、浩助はいっそう低い声で言った。

「どのような訳があっても、我々は十日以上も仕事を休むということなど考えられませんわ。たとえ親が亡くなったとしましてもな。まあ、その点、女ってのは気楽なもんですわ。いくら休んだところで、帰ってきたらまた通ってくれるお客がいらはるんでしょう。甘くてよろしいおすな」

お園はカチンときて、浩助を見る目に力がこもる。浩助は、からかうように続けた。

「丁寧に化粧《けしょう》なさって、そないな姿で毎日店に出てはりますの？　料理が化粧臭くならないか、心配ですわ」

　お園はさすがに言い返した。

「本日は御挨拶にお伺いするということで、身だしなみを整えて参りました。お店に出る時も、お客様に失礼になりませんよう、身だしなみには気をつけております。それは女将として、当然のことではないでしょうか。また、お料理には細心の注意を払っておりますので、御心配は御無用です」

「そりゃそうでしょうなあ！　身だしなみは、女として大切なことでっしゃろ。実力がない分、身だしなみで点数を加算してもらおうってことですな。見た目でお客に媚《こび》売って、修業も碌《ろく》にせず、素人に毛が生えたような料理で『旨い』と褒めてもらって、ええなあ、ホンマに。女は気楽で」

「浩助」

「あ……すんまへん」

　寛治の一言で、浩助の勢いは削《そ》がれたが、それでも浩助が浮かべた薄ら笑いを見て、お園は尚更カチンとした。

　——なによ、この人。噂に聞いていたとおり、いえ、それ以上に気難しく、〝いけず〟のようね——

軽く拳を握り、お園は返した。

「聞き捨てならないことを仰いますね。私は誰にも媚など売っておりません。また、板前の修業のようなことは確かにして参りませんでしたが、料理には日々真剣に向き合っております。それに、この商《あきな》い、そんなに甘いものではございませんわ。長らく留守にして帰って参りましたら、すっかりお客様が減ってしまっていて、困っているところです」

するとは寛治はくっくっと、さも面白そうに声を立てて笑う。嘲《あざけ》りのように聞こえ、お園はいっそう気分を害した。

「正直ですな、貴女《あなた》」

不敵に笑む寛治と、お園の眼差しがぶつかる。浩助をあそこまで止めなかったのだから、寛治も近しい思いは抱いているのだろう。

二人の間で、昇平がおろおろしながら、「あ、あの、せっかく来てくださったのだから……」と口を挟むも、お園が強い口調で言い返した。

「なんだかずいぶん嫌味な言い方ですね。確かに江戸っ子は流行りものが好きですから。でも、流行は結局、流行にしか過ぎないと思います」

「ほう、うちの実力も知らずに、よくそんなことが言えたもんですな」

寛治が静かに言い返す。お園は怯み、一瞬言葉を失った。睨み合いつつ、お園は静かに返した。

「確かに、貴店を流行りもの扱いしたことは、私の落ち度でした。謝ります」

お園は頭を下げ、そして再び寛治に向き合い、「でも」と続けた。

「私だって時間を割《さ》いて御挨拶にお伺いしたのです。それなのに、貴男《あなた》のような態度は、あまりにも失礼ではありませんか？　人の心を慮《おもんぱか》ることが出来なくて、人を満足させるような料理を作ることなど、出来る訳がないと思うのですが。板前といえども、お客様相手で成り立っているものでしょう？　味わってくださるお客様がいてくださるからこそ、私たちは料理を作ることが出来るのではないでしょうか」

お園の澄んだ目で真っすぐ見つめられ、再び二人は睨み合う。

「貴女はそういう謙《へりくだ》った気持ちかもしれへんが、俺は違う。俺の作る料理を、客たちが金を出して食べにくるんや」

寛治の物言いに、お園の中で、何かがぷつんと切れた。お園は声を微かに震わせながらも、はっきりと言った。

「私は謙ってなどおりません。心底、お客様方に感謝しているのです。私の店は小さいですし、始めて四年少しなので、〈山源〉さんとは訳が違うかもしれません。それでも、これまでやってきた自負があります」

余計なことを言わずにいようと思ってはいても、莫迦《ばか》正直なお園の質《たち》だと、つい言ってしまう。寛治は、押し殺すような声を出した。

「〈福寿〉やな、分かった。これから真の料理人の腕を、たっぷり見せたる。覚悟しとき」

鼻で笑われ、お園は腸《はらわた》が煮えくりかえりそうだ。

「受けて立ちましょう。でも、私は私の信念で、これからもやって参ります」

睨み合う二人の間に、昇平が入ってきた。

「お話し中、すんまへん。そろそろ店が始まりますんで、今日はここらへんでお願い出来ますか。主には改めて、また〈福寿〉さんへ挨拶に伺わせますので」

お園は正気に戻り、頭を下げた。

「お忙しいところ、失礼いたしました。主様も御多忙でしょうから、御足労お掛けしますのは心苦しいので、どうぞお気遣いありませんよう。……では」

立ち上がろうとしたところ、今度は別の板前が、盆に椀を載せて現れた。

「折角お越しくださったのですから、私どもの味を少しは見て、お帰りになって

「牡丹鱧《ぼたんはも》です」

ください。まだ仕込み中ですが、板長が作ったもので、
お園は椀に目をやり、「牡丹鱧……」と呟きながら、座り直した。寛治の腕を見てみたいこともあったが、鱧の料理に興味を引かれたのだ。鱧は今の時季に旬であり、江戸前でも獲れないことはないが、江戸ではあまり料理に用いられない。鱧は小骨が非常に多く、骨切りに苦心するからだ。江戸では多くの魚が獲れるので、わざわざ面倒な鱧を使う必要はないという訳である。

では何故、京で鱧の料理が盛んかといえば、それは京が内陸であるからだろう。周りに海が無い京には、行商人によって魚が運ばれるが、暑い盛りは途中で傷《いた》んでしまい、無事に辿り着く魚は殆《ほとん》どいない。

しかし、生命力の強い鱧は、辿り着くことが出来るのだ。それゆえ、捌《さば》きが面倒であっても強い魚である鱧は、京ではとても重宝されるという訳だ。

お園は、出された牡丹鱧を、じっくりと眺めた。牡丹鱧とは、簡単に言えば、骨切りした鱧に片栗粉を塗《まぶ》して、湯引きしたものだ。熱を加えることによって身が開き、牡丹の花に見えることから、この名がついたという。

京風の薄めの汁の中、鱧がまさに牡丹の花のように浮かんでいる。鱧の真ん中あたりに紅い枸杞《くこ》の実が載せられているので、いっそう花のように見える。その

ほかには蓴菜《じゅんさい》、千切りにした生姜《しょうが》と柚子《ゆず》が浮かび、清雅に香り立っている。

椀は清水焼《きよみずやき》の黒いものであるが、外側には黄金色《こがねいろ》の蛍《ほたる》が描かれていた。

――これは……古の京の闇に咲く、純白の牡丹？――

お園は思う。見た目、香りとも、なんとも奥ゆかしい一品である。江戸に居ながら、一瞬にして、歴史ある都へと連れていかれるようだ。

――このような繊細《せんさい》なお料理を、あのような人が作ったというの？――

お園は信じ難《がた》いような気持ちで、椀を持ち、汁を啜《すす》る。馥郁《ふくいく》と、雅《みやび》ともいうべき上品な味わいで、先ほどのお茶よりもいっそう軽やかに喉を通る。

――薄いけれど、しっかり味がついているわ。これは、鱧の粗《あら》から出汁《だし》を取っているのかもしれない。このお汁だけでも、満足出来てしまう……――

ふぅ、と息を漏らし、お園は鱧に箸をつけた。柔らかいが、少しも形が崩れない。口へと運び、ゆっくりと嚙み締め、目を見開く。

――凄いわ……まったく骨を感じない。ふっくらと、清らかで、魚の生臭ささえ、まったくしない。……まさに、滑《なめ》らかな花びらを食べているようだわ――

小骨が如何《いか》に細かく切られているか、それだけでも、寛治の腕がどれほどかが分かる。この牡丹鱧に圧倒され、お園は胸が些《いささ》か苦しくなった。

──寛治さん、口だけではないんだわ。さすが、名店と言われる〈山源〉の板長だけあるわね──

静かに味わうお園を、寛治は暫《しばら》く眺めていたが、用意が色々あるのだろう、板場へ戻っていった。

幾重《いくえ》にも折り重なるような深みのある味わいが、お園の口の中に広がってゆく。

──どうしてこのようなお料理を作れる人が、あのようなことを言うのかしら。これほど細かく骨を切るなんて、寛治さんって、もしかしたら本当は細やかな人なのかもしれないわ。料理に対しては、やはり細心で立ち向かっているということでしょう。……兎《と》にも角《かく》にも、お見逸《みそ》れしました。文ちゃんも竹仙の旦那も、善ちゃんも、皆の言葉は嘘ではないだろうけれど、私を励ます為に言ってくれたことだったのね──

お園は綺麗に平らげ、「御馳走さまでした」と、礼をした。

もうすぐ店が開くので、板前たちは皆忙しいようだ。邪魔をするのも悪いと、お園は今度は本当に立ち上がった。

店を出る時、お園はちらと板場に目をやった。寛治がまな板に向かい、真剣な面持ちで、鱧を捌いていた。その姿を見て、お園の心が微かに揺れた。

どこか、清次に似ていたからだ。

――嫌だわ、私ったら。腕は確かにいいけれど……あんな意地悪な人、清さんに似てる訳、ないじゃない――

お園はそう思い直す。

すると主である山岡が帰ってきて、お園は、ごく簡単に挨拶をした。

「御近所の〈福寿〉の主、園でございます。その節は旅に出ており、御挨拶出来ず、申し訳ありませんでした」

「ああ、お園さんですか！　いえいえ、こちらこそ留守にしており、すんまへんでした。今後もよろしゅうおたのもうします」

山岡はにこにこと人当たりは良さそうだが、板前たちとの一件、そして料理に気圧《けお》されてしまったお園は素直になれず、「よろしくお願いします」と軽く頭を下げ、店を出て行った。

すると昇平が追い掛けてきて、お園に声を掛けた。

「女将さん、すんまへんでした！」

お園は振り返り、微笑んだ。

「いいですよ、お気になさらないでください。私もついカッとして、言い過ぎてしまいました。ほんと、駄目ですね、こういうところ。……お料理、お見事でした。悔しいけれど、皆様が〈山源〉さんのお料理に夢中になる気持ち、分かったような気がします。良い刺激になりました。私も頑張らなくてはね」

陽射しが眩《まぶ》しく、お園はそっと目を細める。昇平は申し訳なさそうに言った。

「そんな……京の者は、鱧料理は慣れてるってだけですわ。それに、女将さんはちっとも悪くないです。うちの者たちが気難しいんですわ。あれじゃあ、仲良くしようって気にもなりませんよね。俺は女将さんと、仲良くさせてもらいたいですけど」

「あら、嬉しいことを仰ってくださいますね。では昇平さん、御近所同士、これからよろしくお願いいたします」

「あ、嬉しいなあ！　こちらこそお願いします！　〈福寿〉さんにも、食べにいきますんで！」

昇平は、厳しい店の雰囲気から逃れ、寛《くつろ》ぎたいこともあるのだろうか。素直な昇平に、お園の心も癒《いや》されていく。

「是非、お待ちしてます。……気難しい人ばかりではなくて、よかったわ。あ、浩助さんですっけ？　次板の。あの人も手強そうね」

「ええ。板前たちを指導してくれてますが、あんな感じですから、なかなか厳しくて……。板長の座を密かに狙ってるみたいだから、その鬱憤《うつぷん》を下の板前にぶつけてくるって訳です」

昇平は苦笑いで答えた。板前同士、やはり色々あるようだ。

「まあ、そうなの。確かに怖そうな人よね」

「ええ、だから癒されに〈福寿〉に行きます！　仕事の愚痴《ぐち》を言ってしまうかもしれませんが、許してください」

「どうぞ、どうぞ。私はお伺いしたこと、誰にも話したりしませんので」

すると、下っ端らしい板前が、昇平を呼びにきた。その板前はなんとも陰気で、声も小さく、額にうっすらと痣《あざ》があった。

「昇平さん、戻って。怒られちゃうわ」

「はい。では、これで」

昇平は爽やかな笑みを残し、呼びにきた板前と共に戻っていった。

――寛治さんには嫌な思いをさせられたけれど、昇平さんはいい人でよかったそう思いながらも、下っ端であろう板前のなんとも暗い眼差しが、お園の心に引っ掛かった。

一品目　紫陽花《あじさい》菓子

一

〈山源〉の一件で少々気落ちしたものの、八兵衛たち常連の皆の励ましが、お園の心を支えてくれた。

すぐにはお客は取り戻せないが、お園は気丈に頑張っていく覚悟であった。

江戸へ戻って六日目の昼、吉之進がふらりと〈福寿〉を訪れた。

吉之進は、清次のことがあり、お園への思いを抱きつつも、暫《しばら》くは「お園と付かず離れずの距離を保つ」ことに決めたのだった。もちろんお園が困った時は、必ず力になるつもりだ。

心配していた寺子屋は、寺子もその親たちも待っていてくれ、どうにか再開することが出来た。今日は寺子が五名来ているが、皆、昼餉を食べにいったん家に帰っているので、吉之進は出てこられたという訳だ。

「本当に御迷惑お掛けしました。でもよかったわ、吉さんの寺子屋が無事で」

「うむ。つくづく、有難いと思った。皆に感謝しないといけないな」

「吉さんの教え方が良いからよ」

「いや、寺子たち、その親御さんたちが寛容なのだよ」

吉之進は笑みを浮かべ、お園が作った白滝のきんぴらを摘《つ》まむ。

茹でて切った白滝を、切ったのらぼう菜と牛蒡と一緒に、醬油と味醂と酒で味付けしながら、胡麻油で軽く炒《いた》めたものだ。お園はそれに、内藤新宿で手に入れた唐辛子を振り掛けた。

吉之進は、この白滝のきんぴらがとても気に入ったようで、御飯に載せ、お代わりまでして堪能した。


吉之進が寺子屋へと戻ると、今度はお民が良太を連れてやってきた。風邪《かぜ》を拗《こじ》らせていたようだが、良太はすっかり元気になっていた。

お園は二人に、白滝を葱と一緒に出し汁で煮込んだものを出した。出し汁は、昆布《こぶ》出汁、醬油、味醂、酒を合わせて作る。お園は本当はそこに厚揚げも入れたかったが、今の〈福寿〉は最低限に切り詰めなければやっていけない状態だった。

「これね！　八兵衛さんたちから聞いて、食べたいと思ってたんだ。白滝の料理、っての」

「美味しそうな匂いがする！　いただきます」

　良太が早速、頬張る。

「熱いから気をつけて食べてね」

　お園が注意するも、良太は口一杯に詰め込み、目を白黒させた。「大丈夫かい」とお民に背中をさすられ、呑み込み、良太は声を上げた。

「味が染み込んでる！　本当の麺《めん》みたいだ」

　良太の笑みに、お園の顔もほころぶ。お民も「どれ」と箸をつけた。

「うん、いい味だ。味といい、色艶《いろつや》といい、白滝ってすぐには分からないほどだね。こんなに美味しかったっけ、白滝って。料理の仕方によって、まったく違うんだね」

　お民は話しながらも箸が止まらず、つるつると呑み込んでいく。

「お気に召してもらえたようで、よかったです」

「こりゃいいや！　白滝だから少々食べても太らないだろ？　お腹にもたれないし、その割に満腹になるし、私、これで痩《や》せることが出来るかもしれないよ！」

　良いものを見つけたように、お民が嬉々《きき》とする。すると良太が、お民のお腹を手で摑んで、言った。

「母ちゃんは痩せなくてもいいよ！　父ちゃんも言ってた。『今のままの母ちゃんが好きだ』、って」

「いやだね、この子ったら。母ちゃん、痩せる気が失せちゃうじゃないか。もう、お園ちゃん、お代わりだよ！」

「俺もお代わり」

お民親子に皿を差し出され、お園は笑顔で受け取った。

「元気で御飯を食べられることが一番ですよ。姐さん、羨《うらや》ましいです。優しい御主人と、可愛いお子さんがいらして」

お民と良太は、微笑み合った。

お園がお代わりをよそって戻ってくると、文太が入ってきた。同じく白滝の煮込みを出すと、文太は舌舐《したなめず》りした。

「おっ、今日のは温かいのか。これも旨そうだなあ。……でも白滝だけだと、俺、腹が減っちまうんだよな。女将、握り飯か何かない？」

「あ、そうね。このようなものだけだと、男の人はお腹がもたないかも。ちょっと待ってて、おむすび握ってくるわ」

お園は再び板場へと入った。お民親子と文太が来るまで、昼餉を食べに訪れたのは二人だけだった。楊枝屋の内儀のお芳が、お客を連れてきてくれたのだ。――皆、気を遣ってくれるけれど、前のような活気があるとはとても言えないわ。旅に行く前は、昼餉の刻だって、混んで座れないぐらいだったのに――

お園は溜息をつきつつ、自分の朝餉の残りの御飯で、おむすびを握った。

「うむ、旨い」

文太は白滝もおむすびも豪快に食べ、楊枝を嚙みながらお腹をさすった。

「ところで女将は、糸蒟蒻《いとこんにゃく》は使わないの？」

「糸蒟蒻？」

「西のほうでは、使うみたいだよ。白滝みたいに細長くなった蒟蒻さ。〈山源〉で出されたことがあったんだよ。糸蒟蒻を使った料理を」

「それはどんなお料理なの？」

お園に好奇心が擡《もた》げる。

「糸蒟蒻と茸《きのこ》を炒めたものを、湯葉《ゆば》で包んで、汁を掛けたものだった」

「へえ、美味しそうだね」

お民が思わず呟き、お園をちらと見て、慌てて口を押さえた。

「気を遣わないでください、姐さん。私も美味しそうと思いましたから。実際、少しですが食べてみて、あそこのお料理は目を見張る美味しさでした」

お園は苦笑いだ。文太が続けた。

「いや、それで食ってみた感じが、糸蒟蒻のほうがやっぱり臭みがあって癖があるから、そういうので作ってみるのも面白いんじゃねえかと思って。こんなふうに煮込んでも旨いんじゃねえかな」

「なるほど……。糸蒟蒻を手に入れたら、是非、作ってみるわ」

お園はふと思いついた。糸蒟蒻をこのような味付けで煮しめて、御飯に混ぜ合わせ、それでおむすびを作っても美味しいのでは、と。

お園は皆にお茶を出し、和《なご》んでいると、戸が開いた。

「あら、八兵衛さ……」

お園は一瞬、目が点になった。ほかの三人も八兵衛を見て、言葉を失う。

「おぎゃあ」という赤子の泣き声が、〈福寿〉に響いた。八兵衛は、赤子を抱いていたのだ。八兵衛の隣で、お波が「よちよち」と赤子をあやしている。

――どういうこと？　まさか八兵衛さんの隠し子？　隠し孫？　お波さんがこっそり産んでたなんてことはないわよね？――

お園は勘ぐりつつ、訊ねた。

「どうしたんですか、その子は？　どちらかから預かったのですか？」

八兵衛とお波は顔を見合わせ、複雑そうな面持ちで、頷き合う。八兵衛が答えた。

「いんや、うちの前に捨ててあったんだ」

「どうしてうちの前に置いてったのか、皆目見当《かいもく》がつかねえ」

八兵衛は溜息をつき、首を捻《ひね》るばかりだ。いくら考えても、心当たりがないらしい。お波は「困っちゃった」と言いつつ、赤子を抱き締め、あやし続けていた。赤子は生後一箇月も経たないほどの女児で、なんとも愛くるしい。その可愛らしさに、お波は虜《とりこ》になっているようだった。お民と良太も、赤子の顔を夢中で覗き込んでいる。

赤子は、風呂敷包みの上に置かれ、その風呂敷の中には御丁寧に肌着や襁褓《むつき》が入れられていたという。

お波が、「これよ」と、襁褓が入った巾着をお園に見せた。巾着は、水色の生《き》地《じ》に桜が描かれていた。

お園はそれをじっと見て、お波に訊ねた。

「この巾着は、お波さんのもの？」

「ううん。襁褓は、初めからこの巾着に入っていたの」

「じゃあ、置いていった人が持っていたのね」

「そういうことになるわね」

「捨て子ってのは珍しい話じゃねえが、この赤子の親は、貧しさゆえに捨てたって訳ではないみたいだな。どんな理由があったんだろう」

文太が言った。

皆、顔を見合わせる。赤子はお波の腕の中で、すやすやと寝息を立て始めていた。

お園は赤子を起こさぬよう、声を潜《ひそ》めて、お波に言った。

「私、その巾着に見覚えがあるの。……でも、どこで見掛けたか、はっきり思い出せないのよ。ねえ、思い出を辿ってみたいから、巾着、少しの間だけ貸してもらえないかしら」

お波は快《こころよ》く、巾着を貸してくれた。

その夜、水色の生地に桜が細かく描かれた巾着を眺めつつ、お園は思い出していった。

——どこで見たんだっけ。そうだ……ちょうど桜の季節の前で、この巾着を見て『早く桜が咲いてほしいなあ』と思ったんだわ。だから覚えていたのね。桜が咲く前、何があったっけ……——

その頃に出会った連太郎《れんたろう》の顔が過《よぎ》り、そしてはたと思い当たった。

——そうよ、千鶴《ちづる》さん！——

連太郎の母親・千鶴を捜していて、千鶴が江戸で夫婦となった啓市《けいいち》が働いていたという菓子屋〈和泉屋《いずみや》〉を訪れた時、そこで同じ巾着を見たのだった。〈和泉屋〉はなかなか大きな店で、土産《みやげ》用の菓子をそれに入れて売っており、印象に残っていたのだ。

——〈和泉屋〉さんでこの巾着を見た時、千鶴さんはきっとこのような柄の着物が似合う人なのだろうなと想像したのよね。千鶴さん、私が留守にしている間も、勘助《かんすけ》さんと一緒に来てくれたみたいね。お元気そうで、よかった——

あれから、千鶴と勘助も、何度か〈福寿〉を訪れている。お園が江戸に戻ってからはまだ顔を見せていないが、近々また現れるだろう。

巾着の出所に気づき、お園は安心して眠ることが出来た。〈和泉屋〉で話を聞いてみれば、赤子のことで何か手掛かりを摑めるかもしれない。

二

翌日の昼の休み刻、お園は〈和泉屋〉へと向かった。〈和泉屋〉は、浅草《あさくさ》は西《にし》仲町《なかまち》、雷門《かみなりもん》の近くにある。小雨が降る中でも、お園は行かずにいられなかった。八兵衛夫婦は赤子を可愛がりながらも困ってしまっており、お店を押し付けたこともあって、お園は今度は二人の助けになりたかったのだ。

その途中、新堀川《しんぼりがわ》沿いの道で、お園はふと足を止めた。傘《かさ》を少し上げ、そっと見やる。紺屋橋《こんやばし》を渡っている男に、見覚えがあった。〈山源〉の、陰気な雰囲気を纏った、下っ端の板前だ。

男は小柄で鼠《ねずみ》のような顔をしていて、笠《かさ》を被って周りをきょろきょろ窺《うかが》いながら、足早にいく。風呂敷包みを、手にしていた。その姿と挙動に、お園はなんとなく不審なものを感じた。

――お店の支度もあるでしょうに、こんな刻に、こんなところで、何をしているのかしら？〈山源〉さんは厳しいのだから、油を売っていたりしたら、怒られるのでは？　それとも、お使いでも頼まれたのかしら。風呂敷を持っているし――

男は薄い唇を舐めながら、橋を渡り、阿部川町《あべかわちょう》のほうにそそくさと歩いて行った。

雷門の付近は、小雨でも賑わっていた。〈和泉屋〉は、大きな看板を掲げており、並み居る店の間でも目立っている。お園は傘を振って雨滴を軽く払い、〈和泉屋〉の中へと入った。

「いらっしゃいませ」

手代が丁寧に挨拶をする。お園は店を見回しながら、思った。

――前に来た時より、流行っているみたい――

菓子の種類も増え、お客も増えているようだ。以前訪れた時は、老舗《しにせ》と聞いていた割に、ひっそりしていた。

――こちらのお菓子は、お値段が高めなのよね。お客さんも良い身なりの人ばかりだわ――

華やかな着物を纏い、珊瑚《さんご》の簪《かんざし》を挿した娘たちが、「この新しいおかき、美味しいのよ、とっても」と、はしゃいで買っている。どうやら新しい品が当たっているようだ。上品な初老の夫婦も、つられてそのおかきを買っていた。

ちなみに、煎餅《せんべい》は粳米《うるちまい》で作られるが、おかきは糯米《もちごめ》で作られ、煎餅は東方で、おかきは上方で一般的である。

――文ちゃんが言っていたように、ここのお客さんの層には、貧しさゆえに赤子を捨てるような人たちはいなさそう――

だが、赤子の襁褓などが入っていた巾着は、やはりこの店のものであった。娘たちは、おかきの入った、桜が描かれた水色の巾着を持ち、店を出て行った。

店は結構混んでおり、詳しく訊ねるのは憚《はばか》られたので、お園はもう一度出直すことにした。

――あの巾着がこのお店のものと確認出来ただけでも、収穫だわ――

娘たちが「美味しい」と言っていたおかきに興味を惹かれ、お園もそれを買い、〈和泉屋〉を後にした。

店に戻ると、お園は早速、〈和泉屋〉のおかきを食べてみた。

「あら、美味しい！」

思わず声を上げる。

——さすが老舗だけあるわ。なんとも芳しくて、硬くないほどに歯応えがあって。……美味しいけれど、珍しい味のようにも思うわ。なんでしょう、この後を引く味わいは。何か特別な味付けの素《もと》を使っているのかしら。お塩やお醬油以外に——

そんなことを考えながら、お園は一口、二口、あっという間に一袋食べてしまった。だが、老舗の秘伝の味付けは、さすがのお園も分からずじまいだった。

その夜、〈福寿〉に、〈山源〉の板前である昇平が訪れた。〈山源〉のほうが店を閉めるのが半刻（一時間）ほど早いので、片づけを終えて急いで来てくれたという。

——お店に来てくれるって、口約束だけではなかったのね。昇平さん、実直なのだわ——

お園は喜び、八兵衛夫婦に昇平を紹介した。八兵衛夫婦は赤子を連れて、〈福寿〉を訪れていた。

「〈山源〉さんの板前さんでいらっしゃるの。私が御挨拶に伺った時、親切にしてくださってね」

「おう、あんたが昇平さんかい。文太や竹仙から話は聞いてるよ。三番手だってな。あんな厳しい店で、やるじゃねえか」

褒められ、昇平は照れた。

「そんな、俺なんてまだまだですわ。うちは、板長と二番手は僅差《きんさ》ですが、その御二方と俺との間には、大きな差がありますんで。もっと精進《しょうじん》せなあかんって、常々思ってます」

「へえ、自分のことをそんなふうに冷めて考えられるなんて、まだ若いのに立派じゃない」

昇平に微かな秋波を送りつつ、お波が身を乗り出す。

「昇平さん、こちらは八兵衛さんとお波さん。歳の差はあれど、〈福寿〉でも評判のおしどり御夫婦なんですよ」

「ええ、御夫婦なんですか？　じゃ、じゃあ、その赤子は、お孫さんじゃなくて、お子さん？」

昇平が目を丸くする。赤子は畳の上で、すやすやと寝息を立てていた。

「いやいや、この子は、訳あって預かっているのよ」

「そうなんですか。……でも、これから本当にお子さんが出来るかもしれませんよね」

「嬉しいこと言ってくれるじゃねえか」

「仲がとてもよろしいようですから」

八兵衛は箸を舐めつつ、お波の肩にそっと手を掛けた。

「俺たち、歳の差、三十と六つよ。馴《な》れ初《そ》めは、俺がこいつに一目惚れしたってこと。唄声《うたごえ》が妙に色っぽくてね」

「流しの三味線《しゃみせん》弾きをやっていたの、あたし」

お波は酒を啜《すす》って嫣然《えんぜん》と笑み、亭主の手に自分の手を重ねた。

「へえ、それは素敵だなあ。一目惚れした人を、奥さんにしてしまうなんて。八兵衛さんも、やるじゃないですか！」

「そうよ。……ほら、女将、こちらさんに早く猪口《ちょこ》を」

「はいはい。気がつかず、すみません」

お園は慌てて、昇平に猪口を出す。八兵衛夫婦と昇平は、「これからもよろしく」と、猪口を合わせた。三人の笑顔に、お園の心もほっこりする。

お園は昇平に、酒とお通しを出した。お通しは、浅蜊《あさり》の酒蒸し。浅蜊は安く手に入るからだ。

お園は申し訳なさそうに言った。

「質素なものでごめんなさい」

「いえいえ、こういう料理、好きなんです。……では」

昇平は一口食べ、ゆっくりと嚙み締め、呑み込んで、満足げな笑みを浮かべた。

「美味しいですわ！　味がよく染み込んで、柔らかくて。女将さんの作る料理は絶対に美味しいだろうと思ってましたが、期待どおりでした」

酒を一口啜り、昇平は再び満足げな息をついて、浅蜊をぱくぱく頰張った。八兵衛が訊ねた。

「なんで女将が作る料理は旨いだろうって思ったんだい？」

「ああ、それは」

昇平は箸を休め、酒を啜り、照れくさそうに言った。

「女将さん、別嬪《べっぴん》さんでいらはるから。そういう人が作る料理は美味しいに違いないって思いました」

「そんな……お上手ね、昇平さん。でも、お褒めくださって、素直に嬉しいわ。

ありがとうございます」

お園も照れくさそうに、笑みを返す。お波が少々面白くなさそうに言った。

「いいわねえ、女将さん！　昇平さんにそんなこと言われちゃって。あたしも言われてみたいわあ。……あ、痛っ！」

八兵衛に思いきりお尻を抓られ、お波が顰め面になる。そんな夫婦を、昇平は愉快そうに眺めていた。

すると、賑やかだからだろう、赤子が目を覚《さ》まし、「えっ、えっ」と泣き始めた。

お波が優しく抱いて、あやすと、赤子はおとなしくなり、再び目を瞑《つむ》る。

「壊れちゃいそう。本当に可愛いわ」

皆、目を細めて、赤子を覗き込む。お園は足音を立てぬよう、そっと板場へといった。

お園は次に、小さく切った鮪《まぐろ》と野菜を一緒に煮たものを、昇平に出した。鮪も安く手に入るので、有難い食材だった。

「どうぞ。せんば煮です」

「おお、これは鮪。江戸ではよく食べるんですか？」

この時代、鮪は、猫も食べないと言われるものであった。お園はバツの悪そうな顔で、昇平に頭を下げた。

「いえ、江戸でも猫またぎなんて言われてます。でも、安い食材なので、使ってみました。……うちは、今のところ贅沢《ぜいたく》出来ないので。このようなものを出してしまい、失礼しました。ほかのものに変えましょう」

お園が皿を下げようとすると、昇平は止めた。

「俺の言い方が悪かったです！　ただ純粋《じゅんすい》に、江戸では鮪を普通に食べるのかなと、不思議に思ったので。……でも、これ、旨そうです。匂いも良いし」

昇平はくんくんと鼻をうごめかし、一口食べて、目を丸くした。

「これも旨い！　鮪がこんなに旨いなんて、驚きですわ。味もねっとり濃くて、ああ、御飯が欲しくなります」

「女将は何でも旨く変えちまうのよ。鮪みたいな爪弾《つまはじ》きのもんでも、女将の手に掛かれば、こうよ」

八兵衛は腕を組み、にやりと笑う。お園は板場に行き、浅蜊飯を持って、戻ってきた。

「白い御飯のほうがよかったかもしれませんね。浅蜊を入れちゃったの、ごめんなさい」

「いいえ、そんなことあらしません！　浅蜊飯かあ、江戸の味だ！」

昇平は鮪のせんば煮と浅蜊飯を交互に食べ、ついには味の染み込んだせんば煮を浅蜊飯に載せて、夢中で頬張った。

「この鮪のお料理は、井原西鶴《いはらさいかく》の『好色五人女』を読んで知りました。『お夏清十郎《なつせいじゅうろう》』に書かれてあったんです。だから、上方ではよく食べられるお料理と思っていたのですが、違うのですね」

「ああ、そうなんですか。西鶴の話ってのは読んだことはあらしませんが、俺の知ってる限り、それほど有名な料理ではないと思います。少なくとも、修業の時には作りませんでしたし、〈山源〉でも出しませんね。……こんなに美味しいなら、当たるような気もしますが。あ、真似《まね》などしまへんので、御安心ください」

昇平が冗談《じょうだん》めかして言い、笑いが起きた。

「〈山源〉が鮪を使ったら、客が納得しねえだろうよ」

「そうね。やっぱりおたくは鱧とか鯉が似合ってるわ」

「〈山源〉は、そうかもしれませんね。でも俺は、女将さんのこの料理、江戸を感じて好きですわ。お代わり、お願いします！」

口の横についた米粒を腕で拭《ぬぐ》い、昇平が笑顔で椀を差し出した。

昇平は二杯目もぺろりと平らげ、「いやあ、旨かった」と、満足げにお茶を啜った。

和やかな中、お園はふと思い出し、訊ねてみた。

「ねえ、ほら、御挨拶に伺った時、帰り際、昇平さんと私が道端で話していたら、呼びにきた男の人がいたでしょう？　あの方も板前さんよね？」

急に問われ、昇平は意外そうな顔をした。

「ああ、幸夫《ゆきお》のことですか。ええ、そうですよ。板前といっても見習いといいますか、早い話、下っ端ですが。あいつがどないしましたか？」

「ううん、別にどうしたという訳ではないのだけれど。この前、幸夫さんらしき人を、町でお見掛けして、ちょっと気になったから」

「それは、何刻頃でしたか」

「ええ……確か、八つ半（午後三時）ぐらいね。風呂敷包みを持ってらしたから、お使いかしらと思ってたの」

昇平はふと口を噤《つぐ》んだ。

——余計なことを言ってしまったかしら——

お園は心配げに、昇平を見る。昇平はお茶を一口飲み、答えた。

「たぶん、そうでしょう。幸夫のやつ、色んな雑用をこなしてくれてるんです。いつも、懸命に。料理の修業も必死でね。きっと良い板前になりますよ、あいつ」

「そうなの。……これから楽しみね、幸夫さん」

「はい。俺も期待してるんです、あいつに」

後輩への思いやりを見せる昇平に、お園も心を癒される。そんな昇平を、八兵衛夫婦も目を細めて見ていた。

「どう？ その幸夫さんも、今度、〈福寿〉に連れてくれば」

「そうね。昇平さんのお墨付《すみつ》きなら、きっと善《よ》い若者ね」

「はい、そのうち必ず、一緒に来ます」

八兵衛が昇平に酒を注ぐ。昇平は一息に呑み干し、八兵衛に注ぎ返した。

「これも何かの御縁よ」

八兵衛もお波も、嬉しそうだ。店が閉まる間際《まぎわ》に、文太と竹仙もやってきた。

「おお、これは〈山源〉の三番手！ どうしたことかい」

「上の人にばれて怒られない程度に、〈福寿〉にいらっしゃいな」

二人に挟まれ、昇平は苦笑いだ。昼から降り続いていた雨も、すっかり上がっている。お園は笑顔で皆に酒を出す。

温かな仲間との遣り取り、そして日々の忙しさが、清次のことを癒してくれる。

三

「よちよち、お桃《もも》。泣かないで」

お波は必死でおどけた顔をして、赤子をあやす。

「やっぱりお腹が空《す》いているのね。可哀想《かわいそう》に」

赤子の顔を覗き込み、お園もお波と一緒に「よちよち」と懸命にあやした。

「桃のように可愛い」という理由で、お波は赤子に「桃」と名付け、自分の子のように慈《いつく》しんでいるが、乳だけは貰うしかなく、近くの長屋のおかみさんに頼み込んで恵んでもらっている。だが、僅《わず》かな貰い乳だけでは、赤子はすぐにお腹が空いてしまうようだ。八兵衛も乳母《うば》を捜して、訊ね歩いているらしい。

文太も瓦版に捨て子のことを書き立てたが、まだそれらしい話は入ってこない。

「お桃ちゃん、本当に可愛いわ」

赤子のふっくらした頬に、お園は自分の頬を寄せ、匂いを吸い込む。赤子の匂いは甘く、乳のそれのようだ。

「あー、あー」と声を上げながら、赤子が小さな手を動かし、お園の頬を触る。赤子が「きゃっきゃ」と笑うと、お園も心の底から嬉しくなる。

赤子と戯《たわむ》れるうちに、お園に母性が芽生《めば》えてきたようだ。幼い命に触れることで、清次を喪《うしな》った悲しみが、浄化され、癒されていく。

お園は思い始めていた。

――このまま、この子の親になって、育ててみたいな――

本当の親を見つければ、赤子を手放すことになるだろう。だからこそお園は、〈和泉屋〉を三度《みたび》訪れる気に、なかなかなれずにいた。

八兵衛が呟いた。

「お桃は、皆で一緒に育てようか」

誰もが同じ思いであった。しかし、可愛い赤子と一緒にいる時間が長くなればなるほど、いっそう離れ難くなってしまうことも、誰もが分かっていた。

お民の息子の良太も、お桃をいくら眺めても飽きないようだ。皆、お桃に夢中だった。

だが、赤子のことを思えば、やはり実の親のもとに返してあげるのが最善である。

乳をほしがり、お桃は泣く。お園はついにいたたまれなくなり、どうしても実の親を突き止めようと、〈和泉屋〉を三度訪れることを決めた。

翌日、お園は浅草に赴《おもむ》き、〈和泉屋〉に向かった。店の前で少し張り、丁度お客がいなくなった隙《すき》に、中へと入る。

「いらっしゃいませ」と声を掛けてきた手代に、「主様にどうしてもお話があるのですが」と告げた。手代は少々訝《いぶか》しげに返した。

「どのような御用件でしょう？」

「ええ実は……」

お園は捨て子のことを正直に話し、巾着のことも告げた。手代は驚き、「少々お待ちください」と、中へ入っていった。

少しして、主の伊兵衛《いへえ》が現れた。お園は伊兵衛に詳しく話し、心当たりはないか訊ねてみた。

「その赤子の襁褓や肌着が入れられていた巾着が、こちらの巾着と同じものだったのです」

お園はそう言って、持ってきた巾着を、伊兵衛に見せた。伊兵衛と手代は顔を見合わせ、首を捻った。

「そういうことですか……。でも、そう仰られましても、私どももそれだけでは分かりませんねえ。お客様は沢山《たくさん》いらっしゃいますし、一見《いちげん》の方も多いですから」

確かに、そう言われてみれば、そのとおりでもある。常連だったら心当たりもあるだろうが、一度しか来たことがないお客がしたことであったら、見当もつかないだろう。

「そうですか……」

お園は気落ちし、溜息をつく。

すると、板場のほうから揉《も》めている声が聞こえてきた。どうやら、困ったことが起きているようだ。

「まったく無理な注文だ」

菓子職人の怒ったような声が店まで響き、お園は思わず訊ねた。

「どうしたのですか」

「いえ……。ちょっと内輪のことで。大したことではありませんので、お気遣いなく」

伊兵衛が口ごもる。しかし、聞こえてくる声はいっそう荒々しくなり、皿が割れるような音までも響き、お園は肩を竦めた。

お園は無言で、伊兵衛をじっと見つめる。伊兵衛はバツの悪そうな顔で溜息をつき、渋々と口を開いた。

「鈴木《すずき》春信《はるのぶ》をご存じですか？」

「はい、存じております。絵師の春信ですよね」

「そうです。……実は、お得意様に鈴木春信の絵の愛好家がおりましてね。その御夫妻に、『春信の絵を表すような菓子を、何か作ってくれ』と、頼まれてしまったのですよ。あまりに漠然《ばくぜん》とした注文なので、困ってしまいましてね。職人はもちろん、店の者総掛かりで知恵を絞り出して何度か作ってみましたものの、先様は『イマイチ』と、納得してもらえないのです」

伊兵衛は再び大きな溜息をついた。

「皆で取り組んではいるのですが、お手上げ状態になってきておりまして、とは申しましてもお得意様の御機嫌《ごきげん》を損ねるのも嫌で、困り果てているのです。……まったく、どうしたらよいものか。職人たちも苛立《いらだ》ちが募《つの》っているのでしょう」

板場では、まだ揉めているようだ。奥のほうをちらちらと見つつ、お園は訊ねた。

「その御得意様は、どうして春信の絵を表すようなお菓子を欲していらっしゃるのでしょう」

伊兵衛は藁《わら》をも摑む思いなのか、暫し逡《しゅん》巡《じゅん》した後、口を開いた。

「どうやら、そこのお嬢様が病に臥《ふ》し、食欲をまったく失ってしまい、春信の絵を見ては涙していそうなのです。それで御両親は心配が極まり、どうにかお嬢様に食欲を取り戻してほしく、そのような注文をしていらしたのです。お嬢様は小さい頃から、この店の菓子を好んでくださってましてね。御両親も、この店の菓子ならば食べてくれると、思われたようです。それゆえ、私どももどうにかしてお嬢様に召し上がっていただきたいのですが、なかなかお望みの菓子を作ることが出来ず、困っているという次第《しだい》です。……必死で作ったものをお持ちしましても、召し上がってくださらないのですよ」

「そのような訳ですか。心配ですね、お嬢様。よほどお躰の具合が悪いのでしょうか」

「ううん、どうなのでしょう。……親御様のお話を伺っておりますと、どうも躰というよりは、心の悩みからきている病のような気もいたします。どうやらお嬢様は相当、悲嘆に暮れているようです。その訳までは教えてはいただけませんが」

　お園は考えを巡らせ、申し出てみた。

「あの……。私、日本橋で縄のれんを営んでおります。もしよろしければ、お力になれればと思うのですが」

　伊兵衛は目を瞬かせ、お園を見た。

　お園は〈和泉屋〉の板場を借り、春信が描いた絵を表すような菓子を、作り始めた。お桃のことも気になるが、これを作ることができれば、何か教えてもらえるかもしれない。お園は、そう考えた。

　伊兵衛は、菓子屋の矜持として一旦はお園の申し出を断ったが、〈福寿〉で食べたことのある職人の推薦もあり、試しに作らせることにしたらしい。上手くいったら儲《もう》けもの、くらいの気持ちだろう。

その前に、春信の画集を、伊兵衛によく見せてもらった。数々の美しい絵を眺めながら、お園は思いついたのだ。

お園は寒天《かんてん》を使い、紫陽花を象《かたど》った菓子を作ることにした。

春信の絵の、「愛らしく、儚《はかな》げで、どことなく気まぐれな雰囲気の乙女」たちに、お園は「紫陽花のような、移ろいやすい、淡い彩《いろど》り」を感じたからであった。

また、春信は「雨の中の女」を多く描いている。それらの女たちは、雨に濡れても、愛らしく、艶やかだ。花に喩《たと》えるなら、紫陽花であろう。雨に濡れても、彩り鮮やかに、美しく咲き誇る。

——寂しい時でも、辛い時でも、どうか心を色づけてほしい——

お園は娘に対し、そのような思いを込めて、紫陽花の菓子を作った。

染料を用い、薄紫色、薄青色、薄紅色の三色の寒天を作り、固まったら細かく賽《さい》の目切りにする。白餡《しろあん》を作って丸め、それに、その細かく切った寒天をくっつけていく。

三色の彩りの、紫陽花菓子の出来上がりだ。お園が作った菓子を見て、職人たちから溜息が漏れた。伊兵衛も、声に力がこもった。

「これならば、もしかしたら召し上がってくれるかもしれません。お園さん、もしよろしければ、私どもの名代《みようだい》として、先方に行ってくださいませんか？　作った人が思いをこめて渡す方が、願いが伝わると思いますので」

お園は大きく頷いた。

四

お園は紫陽花菓子を持ち、得意客の家へ届けにいった。その客は田原町《たわらまち》で〈瑞《ずい》雲堂《うんどう》〉という仏具屋を営んでおり、〈和泉屋〉とそれほど離れてはいなかった。〈瑞雲堂〉は重々しい構えで、大店《おおだな》ということは見て取れた。

――このような店のお嬢様が病に臥していたら、御両親もさぞ御心配でしょう――

自分が作ったものを娘が本当に食べてくれるか不安であったが、お園は思い切って戸を開けた。

お園が手代に、「〈和泉屋〉から、お嬢様にお菓子をお届けに参りました」と告げると、すぐに主夫婦に伝えにいった。そして戻ってくると、「どうぞお上がりください」と、お園を中に通してくれた。

居間で、夫婦は待っていた。主は伝五郎《でんごろう》、妻は加枝《かえ》といい、共に四十半ばと思われる。二人とも、礼儀正しく、お園を迎えてくれた。

すると、奥のほうから、啜《すす》り泣くような声が聞こえてきた。やはり、娘が取り乱しているようだ。伝五郎はお園が届けた菓子を持ち、頭を下げた。

「ちょっと失礼。お待ちください」

伝五郎と加枝は、そう言って部屋を出て行った。

今度は下女がやってきて、お茶を出してくれた。お茶を飲みながら、お園はゆっくりと部屋を見回した。綺麗に片付けられているが、どこか重苦しい。〈瑞雲堂〉の娘は、どうして悲嘆に暮れているのだろう。そんなことを考えていると、夫婦が戻ってきて、頭を深々と下げて礼を述べた。

「娘の加代《かよ》が、ようやく食べました。大粒の涙をこぼしながら。ずっと、何も口にしなかったのですが……。貴女のおかげです。ありがとうございます。心から感謝申し上げます」

伝五郎も加枝も、うっすら涙ぐんでいる。お園は二人を、優しい眼差しで見つめた。

「どうぞ頭をお上げください。よろしかったです、お嬢様が召し上がってくださって。私も嬉しいです、本当に」

お園は心底、困っている人を放っておけない性分なのだ。人の悲しみが自分のことのように辛く、人の喜びは自分のことのように嬉しい。

伝五郎はお園を見つめ返し、目をそっと拭って、訊ねた。

「どうして、紫陽花の菓子を思いつかれたのですか？」

「春信の絵を好まれるお嬢様は、とても心が細やかな方と考えました。美しく、優しい雰囲気のものに、心を惹かれる方、と。でも、そのような細やかな感性を持った方は、時として、深く傷ついてしまうこともあるかと存じます。春信の絵の娘たちと、お嬢様の姿が重なり、ふと紫陽花が思い浮かびました。雨に濡れても美しく咲く紫陽花。その時によって、色を変える紫陽花。今は心がたとえ悲しみの色に染まっていても、徐々にでも喜びの色に変わっていってほしい。お嬢様へのそのような願いが、私にあのお菓子を思いつかせたのです」

お園の話を、伝五郎も加枝も真剣な面持ちで聞いていた。伝五郎は唇を嚙み締めて、大きく頷き、掠《かす》れる声で「ありがとうございます」と再び礼を言った。夫婦とも暫しの間、顔を伏せていたが、伝五郎が静かに加代の経緯を話し始めた。

菓子を通じて娘の心を僅かでも開いてくれたお園にならば、話してもよいと思ったのだろう。

「実は、加代はひと月半ほど前に、子を産んだのです。でも、訳がございまして、どうしても赤子を捨てざるを得ませんでした。赤子と突然引き離され、気もふれんばかりになってしまい、ずっとおかしい状態なのです」

お園は目を見開く。微かに震える手を固く握り、訊き返した。

「え……いつ頃、離れ離れにされたのでしょうか」

「十日ほど前でしょうか」

「その子は、男児、女児、どちらだったのでしょう」

「女児です。女児ゆえに、娘はなおさら可愛かったのかもしれません」

お園の手がいっそう震える。声まで震えないよう気をつけながら、お園はもう一度、訊ねた。

「どこにお捨てになられたのでしょう。この近くではありませんよね」

「ええ、少し離れたところ……信頼出来る方の家の前だったのですが」

「上野《うえの》のほうでしょうか。それとも本所《ほんじょ》とか」

「いえ、日本橋のほうです」

お園は思わず目を瞑《つぶ》り、大きく息を吸い込み、吐き出して、気持ちを落ち着かせた。

伝五郎は続けた。

「とは申しましても、さすがに私どもは捨てることは出来ず、やむなく手代に頼んで置き去りにさせました」

すると加枝が「うっ」と声を漏らし、涙をこぼし始めた。やはり、孫を捨てたことを、悔やんでいるのだろう。

――どんな訳があるにせよ、お孫さんを捨てさせるなんて、酷いわ――

お桃の無邪気な笑顔を思い出し、お園の目が熱くなる。お園は怒りを覚えつつも、ぐっと呑み込み、努《つと》めて冷静に訊ねた。

「どうして、お捨てにならざるをえなかったのでしょう。大切なお孫様ではありませんか」

「ええ、酷い事をしたと、自分たちでも分かっております。人でなしと罵《ののし》られて、当然でしょう」

伝五郎は項垂れつつ、続けた。

「加代の相手、つまりは赤子の父親といいますのは、手前どもの店の手代でありました。手前どもが二人の仲に気づいた時には、加代はもうお腹が膨《ふく》らみ……。私も妻も、激怒しましてね。それはそうでしょう。手代が、私どもの娘に手を出したのですから。この気持ち、お分かりください。……加代には、大店の若旦那との縁談の話もありましたからね、怒りは尚更だったのです」

伝五郎も加枝も、憔悴《しょうすい》しきった顔をしている。お園は思った。

――お話を伺ってみると、お二人のお気持ちも分からない訳ではないわ。でも、だからといって赤子を捨てるというのは、やはり納得いかないけれど――

「それで、お孫さんを捨てられたという訳ですか」

「そうです。孫と思えば可愛いですが、娘が手代に孕《はら》まされて産み落とした子と思いますと、堪え難い。まことに、堪え難いのです。そんなことがお客様や近所の人たちに知られたら、どうなります？　手前どもは笑いものになり、娘は後ろ指を指され続けるでしょう。……ならば、赤子がいなくなれば、すべての恥を消すことが出来るのでは、と。娘と手代のこともなかったことにしてしまえるのでは、と。そう考えたのです」

お園は伝五郎の話に呆《あき》れた。

――どうやらこの御夫婦は、体裁を酷く気にする性分のようね――

お園は溜息をつき、訊ねる。

「手代さんはどうしていらっしゃるんですか」

「あんなのは、娘が身ごもったと分かった時に、追い出しましたよ！　当然ではありませんか」

伝五郎の語気がいきなり強まる。手代への怒りは、未《いま》だに冷めやらぬようだ。

「なるほど、大方のことは分かりました。それではなぜ、横山町《よこやまちょう》の八兵衛さんのところにお捨てになられたのでしょう」

伝五郎と加枝は、目を見開いた。二人とも驚いた様子で、言葉を失ってしまう。伝五郎は息を呑み、頻《しき》りに唇を舐めつつ、ようやく口を開いた。

「……ご存じだったのですか」

「いえ。八兵衛さんの家の前に捨てられていた赤子が、こちらのお孫様とは、まったく気づいておりませんでした。ただ、実は私、小舟町で縄のれんを営んでおりまして、八兵衛さんはそこの常連でいてくださっているんです。その繋がりで、捨てられた赤子の相談もされ、襁褓が入れられていた巾着から、〈和泉屋〉さんに伺っていたのです。そして、こちらにお菓子をお届けすることになり、お話をお伺いしまして、どうも合致しますことが多く、もしやと思ったのです」

「はあ……。お園さん、和泉屋の方ではなかったのですか」

「はい。それは、申し訳ございません。でも皆さん、必死に考えていらっしゃいました。それで、私もこのお菓子を思いついたのです」

お園は少々気恥かしげに俯きつつ、気を取り直し、言った。

「ですが、やはり、そうだったのですね。……でも、よかったです。お桃ちゃんのお母様、そしてお祖父《じい》様、お祖母《ばあ》様が見つかって」

お園は思わず、ほろりと涙をこぼし、そっと指で拭った。伝五郎はお園を見つめ、問うた。

「お桃……と申しますと、手前どもの孫に名前を付けてくださったのでしょうか」

「はい。お名前が分からず、何とお呼びしたものかと、勝手に付けてしまいました。申し訳ございません。八兵衛さんのお内儀の、お波さんが名付けたのです。桃のように、みずみずしく、愛らしいから、と」

「まあ」

加枝も細い肩を震わせ、目を拭う。伝五郎は苦渋《くじゅう》の面持ちで言った。

「素敵な名前を付けてくださって、ありがとうございます。……そうですか、桃、ですか。娘が付けた名前より、確かに愛らしい」

「お嬢様は、何とお付けになられたのでしょう」

「加津《かづ》、です。母親である自分の名前から一文字、父親である手代の名前から一文字取ったようです。手代は、嘉津雄《かづお》という名でしたので。……それゆえ、手前どもは、赤子の名を呼ぶことにも躊躇いがありました。〝かづ〟と〝かづお〟。父親と、音も似ておりますしね」

「そんな……。加津ちゃんだって、良いお名前ではないですか。品があって、聡明な印象を受けます。それに、〝加〟という字は、お母様だけでなく、お祖母様のお名前からも受け継がれておりますでしょう。お嬢様だって、御家族への情を込めて、お名前を付けられたのだと思います。加津ちゃんを家族の一人として認めてほしい、願わくば、嘉津雄さんのこともそう認めてほしい、と」

お園が言ったことは、二人とも心の奥で分かっていたのだろう、伝五郎は項垂れ、加枝は嗚咽《おえつ》を漏らした。

お園は、そっと話を戻す。

「それで、八兵衛さんのことは、以前からご存じだったのですね」

「……はい、存じ上げております。八兵衛さんが左官屋の棟梁《とうりよう》をなさっていらした時、店を改築するので、仕事を頼んだことがあったのです。八兵衛さんは普段は面白いことなどを仰って、周りを笑わせて和ませていらっしゃいましたが、仕事はそれは丁寧で完璧で、驚くほどでした。下で働いている方々にも、頼りにされ、好かれていらっしゃいましてね。その姿が、とても心に残っておりました」

「そうだったのですか」

お園は八兵衛と毎日のように顔を合わせ、身内の如《ごと》く思っているが、考えてみれば来し方のことなどは、未だよく知らずにいる。それゆえ、八兵衛の昔話を聞くのは、新鮮であった。

「ええ。そんな繋がりがあったのです。……そして一年ほど前、偶然、祭りで八兵衛さんをお見掛けして、挨拶を交わしました。八兵衛さんは美しいお内儀をお連れになって、未だにとてもお元気そうで、手前どもの心に強く残ることとなりました」

「明るい御夫婦で、『羨ましいね』と、主人とも話しておりました」

加枝は洟《はな》を啜り、美しい懐紙で目元を拭っていた。

「そして、娘が赤子を産み落とし、困り果ててしまい、もう捨てるしかない、ほかの人に委《ゆだ》ねるしかないと思い、誰に託そうかと考えた時、ふと思い浮かんだのが、八兵衛さんだったのです。知り合いに頼み、八兵衛さんの今の暮らしを調べてもらい、ある程度余裕もあり、御夫婦の仲もとても良いと知りました。妻とも相談し、八兵衛さんたちにならば孫を託すことが出来ると思い、手代に頼みました。……八兵衛さん御夫婦の御迷惑も考えずに。手前ども、大莫迦者ですね」

伝五郎は大きな溜息をつき、涙を堪えるように固く目を瞑る。冷静さが戻ってきて、自分たちが犯したことの重大さに、ようやく気づいたのだろう。伝五郎は声を絞り出した。

「……しかし、赤子を託しはしましたものの、娘はおかしくなってしまい、床に臥したまま泣いているばかりです。いつか治ると高を括《くく》っておりましたが、娘の状態はいっこうに良くならず、もう、どうしたらよいのか、手前どもも混乱しているという次第なのです。……だからこそ、先ほど、お園さんがお作りくださった紫陽花の菓子を食べてくれた時は、心底嬉しかったです。娘は『綺麗』と呟き、涙をこぼしながら食べていました。娘のあのような顔を見たのは、実に久しぶりです。……ありがとうございました」

伝五郎は声を震わせ、加枝と共にお園に頭を下げる。お園は、澄んだ美しい声を出した。

「よろしければ、お嬢様に会わせていただけませんでしょうか」

伝五郎夫婦は顔を上げ、大きく頷いた。

五

加代は床に臥し、ぐすぐすと泣いていた。か弱く、透《す》き通るほどに色白の、十九ぐらいの娘だ。

——そういえば、春信の絵に描かれた女の人の面影があるわ——

加代の長い黒髪は、少し碧《あお》み掛かっている。お園は加代に、丁寧に礼を述べた。

「先ほどのお菓子を召し上がってくださって、ありがとうございました。私が作ったのです」

加代は涙に濡れる目で、お園を見た。お園は、伝五郎夫婦もいる前で、加代に優しく語った。

「紫陽花は色が変わりますから、〝移り気〟などと言われますけれど、その移り気といいますのは、別に浮気などということではなく、〝周りの環境によって変わっていく心〟とも取れますよね。環境や温度によって、青ざめた花が、紅に色づき始めることだってあるのです。……人の心も、同じではないでしょうか」

加代も、伝五郎夫婦も、お園の話を黙って聞いている。

お園は気づいていた。春信の絵には、初々しい若い娘たちがよく描かれている。その絵の娘たちに、加代は自分だけでなく、加津が育った姿も重ね合わせていたのだろう、と。

お園は続けた。

「紫陽花の語源ってご存じですか？　色々あるようですが、〝集真藍《あずさあい》〟が訛ったとされる説が一番尤《もっと》もだそうです。〝あず〟はものが集まることを意味しています。青い花が集まって咲く様を、言い表した名前なのでしょうね。紫陽花って、小さな花がたくさん集まって、大きな塊《かたまり》に見えますよね。それが、仲の良い家族を表しているとも、言われるようですよ。移り気などと言われますが、本当は温かみのある意味を持つ紫陽花は、私も大好きなお花なんです」

「紫陽花には、家族を表すという意味もあるのですか。……初めて知りました」

伝五郎がぽつりと呟き、お園は微笑みを浮かべ、頷く。

「春信は、雨の中にいる女の人を、よく描いてますよね。描かれた女の人たちは、雨に濡れても、愛らしく、なんとも艶やかです。その姿は、花に喩えるなら、雨の中、鮮やかに咲く紫陽花でしょうか。雨に濡れても、寂しい時でも、辛い時でも、どうか心を色づけてほしい……そのような願いを込めて、お菓子を作ったのです」

お園の言葉に、加代は涙をほろほろとこぼし、伝五郎夫婦もそっと目を擦った。


お園は台所を貸してもらい、加代の為に別の料理も作ることにした。

それは、同じ卵を使った、冷卵羊羹《ひやしたまごようかん》と家主貞良卵《カステラ》であった。

冷卵羊羹は、卵のほか寒天、水、片栗粉、酒を用いる。老舗の伝五郎宅には黒砂糖もあったので、それも使わせてもらう。

作り方は、先《ま》ず、寒天を水に浸《つ》けてふやかす。

次に、生卵をよく溶き、それを布で漉《こ》す。

黒砂糖と酒をよく混ぜ合わせ、それに漉した卵も混ぜて、再び漉す。

鍋に寒天と水を入れて煮溶かし、それをまた漉して、再び鍋に入れて熱する。熱した寒天の中に、先に作っておいた卵液を少しずつ加えていく。すべて入れ終えたら、水で溶いた片栗粉も鍋に入れ、軽く混ぜ合わせる。鍋をあげ、中身を平らな器に入れる。器よりも大きな入れ物に水を張り、そこに器ごと、中に水が入らぬように浸け、冷やして固め、出来上がり。

この冷卵羊羹の作り方は、『万宝《まんぽう》料理秘密箱』（寛政《かんせい》七年、一七九五）に明記されている。書物では、「卵十個、黒砂糖五十匁《もんめ》」などと書かれているが、お園は共に半分の量を用い、硬く固めたかったので、寒天の量は少々多めにした。

お園は羊羹を固めている間、家主貞良卵を作った。

こちらも『万宝料理秘密箱』に作り方が記されており、文献では「上々大卵を十八個、白砂糖を百六十匁、うどんの粉（小麦粉）八合」と書かれているが、多過ぎるので、お園はこちらも「卵を六個、白砂糖を五十匁と少し、小麦粉を三合足らないほど」で作ることにした。

作り方は先ず、それらの卵と白砂糖と小麦粉をよく溶き合わせる。

次に、それを、綟《もじ》（麻で織った網目の大きな布）もしくは目の粗い布で、一度漉す。

鍋の底に油を引き、漉した卵液を入れ、下火を弱くする。

上には、行灯の火皿を載せ、この中に灰を薄く敷き、火を入れて焼く。つまりは上下から熱を加えて、出来上がり。

お園は初めに卵だけを手が痛くなるまでよく掻き混ぜ、それに白砂糖と小麦粉を併せていったので、期待以上にふんわりと焼き上がった。

冷卵羊羹も、家主貞良卵も、満足のいく仕上がりとなり、お園は笑みを浮かべ、それらを加代の部屋へと運んだ。お園は料理を加代だけでなく、伝五郎夫婦にも出した。

加代は羊羹を一口食べ、目を見張った。

「これは……甘くて、しっとりして、なんて美味しいの」

涙で濡れていた加代の目に、仄かな明かりが灯り始める。娘が食べられるようになって安堵したのだろう、伝五郎夫婦はお園に再び頭を下げ、自分たちも羊羹に手を伸ばした。

「うむ。これからの季節にぴったりの、爽やかな味わいですな。冷たい羊羹が、舌の上で蕩《とろ》けていきます」

伝五郎が目を細める。加枝もゆっくりと嚙み締め、笑みを浮かべた。

「上品なお味だわ。これは、餡子は入ってませんよね？」

「はい、入っておりません。甘味は黒砂糖のみです」

「なんだか漉し餡が入っているように思えるの。でも漉し餡の羊羹より、しっとりして、食べやすいんです」

「まさに。甘みに癖がないから、つるつると、いくらでも喉を通っていくようだ」

　羊羹は結構大きなものが出来たが、三人はあっという間に平らげてしまった。

「御馳走さまでした」と、懐紙で丁寧に口元を拭く加代の頬は、まだ窶《やつ》れてはいるが、うっすらと色づいていた。

　お園は次に、家主貞良卵を食べてもらった。

「まあ、こちらはふわふわ。……こちらも口の中で蕩けていくようだわ」

　加代が、思わず顔をほころばせる。娘の微笑みを見るのは久方ぶりなのだろう、伝五郎も加枝も、顔を見合わせて喜ぶ。伝五郎も頬張り、唸った。

「うん、こちらも旨い！　私、恥ずかしながら、家主貞良といいますものは今まで二、三度しか食べたことがなかったのですが、こんなにふっくらしているとは知りませんでした」

「先ほどの羊羹とはまた違った口当たりで、とても美味しゅうございます。羊羹のような水気はございませんが、でも乾いているかといえば決してそんなことはなく、しっとりもしているのですね」

「いやあ、お園さん、お見逸《みそ》れしました。縄のれんの女将さんでいらっしゃるのに、菓子をお作りになるのもお上手とは」

お園は微笑む。

「いいえ、実は私も家主貞良は数えるぐらいしか作ったことがなかったのですが、今日は思いのほかふんわり焼き上げることが出来て、よかったです。……皆様への思いを込めて、二つのお料理を作りましたので、上手にいったのでしょうか」

三人とも家主貞良を頰張りながら、お園を見つめる。

「冷卵羊羹と家主貞良卵、どちらも卵を混ぜ合わせて作るのは同じですが、形作る時、冷卵羊羹は冷やして固め、家主貞良卵は上下から火を掛けて焼き上げます。どちらも卵を使い、甘みもありますから、ある意味、似ているお料理とも思うのです。しかし、手順はそれぞれ違います。また材料だって、羊羹は黒砂糖に片栗粉、家主貞良は白砂糖に小麦粉を使っております。似ているところも、違うところもある二つのお料理ですが、皆様は『どちらも美味しい』と仰ってくださいました。そのお言葉を真と信じてよろしいのなら、結果が真になるならば、手順などは少々違っても、何の問題もないということになりますね」

伝五郎は目をお園から皿に移し、思った。

——先ほどの羊羹も、この家主貞良も、どちらも真に美味しかった。材料や手順は少々違っても、美味しいということには違いがない。……では、男女の仲というものも、そうなのだろうか。その思いが本物で、真の結果を生むのならば、少々手順が違っても問題はないのだろうか——

夫婦になるのが先か。赤子が生まれるのが先か。世間体などに囚《とら》われるあまり、親としての情を蔑《ないがし》ろにした自分たちが酷く愚《おろ》かに思えてきて、伝五郎は項垂れた。

お園は、伝五郎を励ますように明るく言った。

「羊羹も家主貞良も、大きく作りますので、どちらも分け合って、皆で仲良く食べられますよね。自分だけでなく、周りの人たちも幸せにするお料理と思います。どちらも、御家族に相応《ふさわ》しいお菓子だと」

加代も伝五郎夫婦も、大きく頷いた。お園が作った菓子に、皆、同じことを感じ取っていただろう。

お園の思いがこもった、柔らかな優しい料理で、加代の正気が戻ってきたようだ。そして、伝五郎と加枝の正気も。加代と伝五郎夫婦はお園に、何度も礼を述べた。お園は美しい顔に、笑みを浮かべた。

「お嬢様が好きになられた方ですもの、嘉津雄さんはよい方なのでしょうね」

伝五郎がよく響く声で、答えた。

「ええ……悪いやつではありませんでした。思いやりがあって、仕事も真面目《まじめ》にやっていました。だからこそ、手代の立場で私どもの娘に手を出したと、逆上してしまったのです。でも……確かに、情が真であれば、手順など関係ないのかもしれませんね。手前どもは、いったい何に囚われていたのでしょう」

「本当に。娘の気持ちも考えず、莫迦なことをいたしました」

伝五郎夫婦は、どうやら嘉津雄を許してあげようと思い始めたようだ。加代は目に涙を溜め、お園に深く頭を下げた。「もう大丈夫」というように、お園は加代に頷き返した。

お園はいったん〈福寿〉に戻り、留守番を頼んでいた八兵衛とともに、赤子も連れて、再び伝五郎宅へと赴いた。

お園が赤子を大切に抱えて部屋に入ると、加代は叫び声を上げた。

「加津！」

ずっと立ち上がれなかった加代が、飛び起きる。しかし、まだふらつくようで、加枝に支えられた。お園が赤子を渡すと、加代は涙を流して我が子を抱き締めた。

赤子を見て、伝五郎も加枝も大粒の涙をこぼしつつ、「ややあ、お祖父ちゃんだよ」、「加津ちゃん、可愛いねえ。お前のお祖母ちゃんよ。忘れてないよね」と、真に嬉しそうな笑みを浮かべる。

――赤子を捨てたこと、やはり心底後悔していらっしゃったのね――

家族に囲まれた加津を見て、お園の目も熱くなった。

――加代さんと手代の嘉津雄さんは、確かに間違いを起こしたのかもしれない。でも、間違えても、その思いが真であれば、何も問題はないわ――

伝五郎夫婦は畳に頭を擦りつけるようにして、八兵衛に詫びた。

「気にしないでおくんなさい。まあ、俺ん家の前に捨ててくださって、よかったよ。こうして伝手《つて》を辿って、無事、宝物をお返しすることが出来たからな。これも呆れるほどに人が好い、女将のおかげよ」

八兵衛はからからと笑った。

伝五郎と加枝は真摯《しんし》な眼差しで、お園に約束した。

「加代は嘉津雄と、ちゃんと夫婦にさせます」

「皆様、仲良くいらっしゃってくださいね。いつまでも」

伝五郎と加枝は、「ありがとうございます」と、お園に大きく頷いた。

こうして〝桃〟は〝加津〟へと戻り、本当の母親のお乳を再び飲むことが出来るようになった。

お園と八兵衛は赤子との別れを惜《お》しみつつ、安心して帰っていった。


その道すがら、お園は思った。

——人生のある時期、私が清さんを好いていたというのは、真だった。様々なことがあって、色々な思いをしたけれど、真から得たものは、決して間違いではなかった。すべて、私の成長を促すものだったわ。だからこそ、悲しみに浸ってはいられない。得たものを糧《かて》にして、乗り越え、更なる真へと向かっていかなければ。喪う命、新しい命。限りある命を大切にしなければ——

お園は、命の尊さを、改めて考える。

並んで歩いていた八兵衛が、空を見上げて、ぽつりと呟いた。

「もう、暮れる頃だなあ」

口には出さないが、赤子と別れたことが堪《こた》えているのだろう、八兵衛はいつになく寂しげだ。お園は敢《あ》えて明るい声で言った。

「あ、そうだ！　ねえ、引き返して、〈和泉屋〉さんにちょっと寄っていかない？　新しく売り出したおかきが、とっても美味しいのよ。お波さんにお留守番を押し付けちゃったから、何か買っていってあげないと、御機嫌損ねちゃうかもよ」

「……そりゃそうだな、あいつのことだから。よし、〈和泉屋〉に寄ってくか！」

暮れなずむ中、二人は浅草は西仲町へと引き返す。烏《からす》の啼《な》き声を、聞きながら。

〈福寿〉に戻ると、お民とお梅の顔もあった。女三人で、留守番をしてくれていたようだ。

お波は「赤ちゃんと別れる時に号泣しちゃうだろうから」と、八兵衛についてこなかったのだ。

お園と八兵衛の報告を聞き、お波は息をついた。

「そうか、お桃ちゃん、本当の名前は加津ちゃんだったのね。……寂しいけれど、よかったわ。本当のお母さんのもとで暮らすのが、幸せだもんね」

お波の目から涙が溢《あふ》れる。八兵衛は恋女房に手拭いを渡し、その華奢《きやしや》な背中をそっとさすった。お民も洟を少し啜り、明るく言った。

「これで一段落だ！　今回もお園ちゃんのおかげで、丸く収まったって訳だね。今に名物になるよ、〝小舟町のお人好し女将〟、って！」

「違《ちげ》えねえ」

八兵衛もからからと笑う。お波もつられて、泣き笑いを浮かべた。からかわれているようで、お園は少々膨れつつ、皆の前に〈和泉屋〉で買ったおかきの袋をどんと置いた。

「またもお人好しに、お土産を買って参りました！　姐さんが言うように一段落しましたから、皆で食べましょ。これ、美味しいのよ」

「よっ、さすがはお園ちゃん。こういうのは、気が利《き》いてる、っていうんだよ。そうだ、お茶を出すね」

お民は太《ふと》り肉《じし》の躰を揺すり、嬉しそうに板場へと入っていった。

「あ、あたしも手伝う」

お波もすっかり涙が乾き、お園とお梅と一緒におかきを器に入れる。そんな女房を、八兵衛は温かく見守っていた。

お茶と共に、皆でおかきを味わった。

「うん、美味しい！」

お民が声を上げる。お波も感心したように言った。

「このおかき、江戸風ではないわよね。味もちょっと独特。食べたことがないような味だけど、とっても美味しいわ。上方の味なのかしら」

「うむ。女将が褒めるだけあって、確かに旨いな。味もそうだが、堅過ぎないから、俺みたいな年寄りにもいい。このおかきで、〈和泉屋〉は盛り返したんじゃねえかな」

「あら、〈和泉屋〉って落ち込んでたの？　老舗なんでしょ」

「俺が聞いたところによると、景気が良くないって話だったが、今日行ってみたら結構お客がいたんで、ほうと思ったんだ。上向きになってんだな、と」

「なるほど、景気が悪い時もあれば良い時もあるんだねえ。商いってそんなもんか。波に乗ったら、どんどん良くなってくんだ」

お民の笑顔は励ましてくれているようで、お園の胸に染みる。お波はまた一口齧り、おかきをしげしげと見つめた。

「やっぱりちょっと変わった味だわ。女将さんの料理でも、こんな味は食べたことがないもの」

「そうかなあ。確かに美味しいけどさ、おかきなんて、どんなのだって一緒じゃない！　男だってそうよお。いいこと言ってたって、一皮剝けば皆おんなじ。おかきも男も、しょせんおんなじ。あーあ、笑っちゃう」

溜息混じりで言うお梅の肩を、お民が叩いた。

「お梅ちゃん、何を自棄《やけ》になってんのさ、おかきと男を一緒にするなんて。……いや、このおかき、お波さんが言うように一味違うよ。コクがあるっていうか、後を引くっていうかさ。私も初めてだ、こんな味は」

「やっぱりそう思う？　何か特別な、味付けの素を使っているのかもしれないわ。もしくは、どこにでも手に入るようなものでも、それらを秘伝の方法で混ぜ合わせているとか」

「ふふ、秘伝ってのはいいじゃねえか。店によってあるんだろうなあ、その秘伝ってのが。ちなみに女将、〈福寿〉の秘伝ってあるのかい？」

八兵衛に問われ、お園は満面の笑みで答えた。

「ええ、もちろん。〈福寿〉の秘伝は、私のお客様方に対する感謝の気持ち、〝まごころ〟でございます」

皆、どっと受ける。

「そりゃいいわ！」

「さすがお園ちゃん！」

「それじゃ、どんな秘伝も敵わないわね」

軒行灯が灯る和やかな〈福寿〉、夜は更けていく。だがその陰……皆の姿を、戸の隙間からそっと覗いている者がいた。

二品目　鯔背《いなせ》な蕎麦《そば》、艶《あで》やかな饂飩《うどん》

皐月ももう終わりだが、〈福寿〉にお客がすっかり戻ってきたとは、とても言えなかった。

――本当に大丈夫かしら――

お園は必死で遣り繰りしながら、溜息をつく。売り上げは、旅に出る前の三分の一にも満たなくなっている。さすがのお園も、日ごと不安が募《つの》る。

だがそれでも、〈福寿〉を慮って、常連の皆が訪れてくれるのが、なによりもお園の励みとなっている。

現実の厳しさに心が紛《まぎ》れてはいるが、お園は未だにふと、清次の最期を思い出し、鬱々《うつうつ》とすることもあった。

――どうして、あんなことに――

運命の皮肉を嘆《なげ》く思いが残っていないと言えば、嘘になるだろう。

お園は清次のことを引き摺《ず》りつつも、店もどうにかしなければならず、改めて、女が細腕で生きていくことのたいへんさを思い知らされていた。

一

皐月の最後の夜も、常連の皆が〈福寿〉を訪れてくれた。八兵衛夫婦、お民夫婦、文太、竹仙、そして吉之進もいた。

「今月も本当にありがとうございました」

お園は皆に、長芋と蜆《しじみ》の煮物を出した。蜆は旬を迎えるし、安く手に入るので、有難い食材だ。一口大に切った長芋、蜆、刻み昆布、水、醬油、味醂、味噌少々を鍋に入れ、煮汁がなくなるまで煮込んだものだ。

味の染み込んだ長芋と蜆に、皆、大喜びだ。

「いいねえ、酒が進む」

「長芋と蜆ってこんなに合うのね。長芋がごろごろと入ってるから、お腹にも溜まるわ」

「蜆ってのが、また小さいくせに、ピリリと味を利かせてんだよな」

「ごろごろの長芋に、ちょんちょんの蜆かい。巧《うま》い取り合わせだぜ」

「やだ、蚤《のみ》の夫婦って言われる、私とこの人みたいじゃないか」

「照れますね」

お民がけらけらと笑い、亭主がその隣で頭を搔く。

「なるほど……味が染みてる夫婦ということか。乙なものだ」

酒を啜りつつ、吉之進もゆっくりと味わっていた。

仄かな明かりが灯る中、和気藹々《わきあいあい》と夜が過ぎゆく。酒が廻ったのだろう、文太がこんなことを言い出した。

「しかし、世知辛いもんだぜ。嫌な噂を耳にしちまったんだ」

「どんな噂だい？」

八兵衛は、長芋とろろを掛けた御飯を頬張っていた。文太は、赤く染まった鼻の頭を掻きながら、答えた。

「うん。〈山源〉の次板が、女将さんのことをこき下ろしているみたいなんだよね。あそこに通ってる客から聞いたんだけどさ」

板長の寛治、それに続いて浩助の面影が蘇《よみがえ》り、お園は思わず顔を強張らせた。お波が文太に食いつく。

「ええ、どんなことを言ってるの？」

「たとえば、こんなことだ。『一丁目の〈福寿〉の女が作る料理なんて、素人に毛が生えたようなもんやろ。よくそないな料理に、金出すもんや。江戸のお客はお人好しやな』、とかなんとか」

「酷いねえ！　京の人はいけずってのは、本当だね」

お民も目を吊り上げる。とろろ掛け御飯をずるずる啜る八兵衛の横で、お波はおかんむりだ。

「嫌な男ね、わざわざそんなことをお客さんの前で言うなんて。邪魔してるとしか思えないわ。ねえ、こちらも〈山源〉の悪い噂を流してやらない？　因果応報、よ。女将さんのお料理を悪く言うなんて、許せないわ」

「まったくです。あたしも協力しますよ。そりゃ、女将がお留守の間は〈山源〉に浮気しましたけれどねえ、そういう嫌がらせは許せませんよ、あたしだって」

竹仙は、酒が廻って赤く染まった坊主頭を、ぐりぐりと撫《な》で回した。

皆、怒っているようだったが、お園は初めはむっとしたものの、すぐに冷静になった。

「そんなことを言っているの……あの人」

お園の神妙な面持ちを見て、文太が謝った。

「女将、悪かった。余計なことを言っちまったな。でも、どうしても腹に据《す》えかねてさ。やり返すなら、俺も手伝うぜ」

お園は首を振った。

「いいの、やり返すなんて、そんなことしなくていいわ。人になんて言われようと、私は私の料理を作っていくだけですもの。私はいいの、何を言われても、本当に。……ただ」

お園は言葉を切り、皆を眺めた。唇が微かに震える。

「そういうことを言われると、なんだか大切なお客様まで貶《おとし》められたようで、それが辛いの。私や、私のお料理を莫迦にされるのは構わない。でも、お客様のことまで『お人好し』なんて言われてしまうと……皆さんに申し訳なくって、とっても」

皆、お園を見つめている。お民が洟を啜りつつ、明るい声を出した。

「いやだ、そんなことまで気にするなんて、お園ちゃんは真にお人好しだよ！　あたしたちだって、そんな嫌な男になんて言われようと、なんとも思わないさ！」

お客たちは皆、お民の言葉に頷く。

長芋とろろを掛けた御飯を食べ終え、八兵衛は腕を組み、しみじみ言った。

「相変わらずだな、女将は。自分が傷つくことよりも、周りの者が傷つくことを心配する。……まあ、そんなところが、女将の魅力なんだけれどな」

「そうそう、それで、この店につい来ちまうんだ。放っておけなくてさ」

「女将さん、あたしたち本当に何でも協力するから、困ったことがあったら言ってね」

吉之進も口を挟んだ。

「やり返さないというのは、賢明だな。やり返すなどしたら、相手と同じ土俵に立ってしまうことになる。板前としてはどうであれ、そのような輩《やから》が優れた者とは到底思えぬ。そんな者の為に、己の品位を貶めることはない。何を言われようが、相手にせぬのが一番だ」

「はい」

吉之進の言葉に、お園は素直に頷く。二人の眼差しが合う。お園の心に温かなものが広がり、落ち着いてゆく。

――もう、大丈夫――

お園に笑みが戻る。文太が唸った。

「なんだか女将のこと、また応援したくなっちゃったなあ。よし、〈福寿〉を盛り上げられるよう、俺も何か考えてみるぜ！」

「そりゃいいですねえ、皆で何か催《もよお》しをしましょうよ」

「あたしも乗るわ、それ！」

〈福寿〉は今宵も和気藹々だ。皆の優しさが、お園の胸に染みわたっていた。

皆が帰り、店を片付けながら、お園はふと寛治の嫌味な物言いを思い出した。

——気にしないと思っていても、やはり蘇ってしまうわ。駄目ね——

清次のことで傷ついて旅から帰ってきたのに、心休まる間もなく、嫌がらせをしてくる人がいる。それも清次と同じ板前で、ふとした時に見せる表情が清次に似ているといえば、複雑な思いを抱いて当然だ。

悪口を言っているのは浩助ということだが、それを止めずに、どうせあの意地悪い笑みで、黙って後ろで見ているのだ。寛治も同じ気持ちに決まっている。

——もちろん、清さんと、中身は似ても似つかないけれど。それに表情が似ていると思ったのも、板場に立っているのをちらと見た時ぐらい——

お園は苦笑する。

畳を拭いていて、お園は不意に目眩《めまい》がして、手を止めた。

——やはり、疲れているのね——

座って休んでいると、戸を叩く音がした。

「俺だ、ちょっと開けてくれ」

吉之進の声である。少しふらっとしたが、お園は立ち上がり、戸を開けた。すると、目の前に、愛らしい黄色の花が咲いていた。

「まあ……綺麗」

見上げると、吉之進の笑顔があった。

「店が終わったというのに、すまぬ。帰り道、草むらに咲いていたのを見つけた。なんという花かは知らぬが、提灯《ちょうちん》の明かりの中でぼんやりと美しかったので、摘《つ》んでみた。女将が喜ぶと思ったんだ。好きだろう、花は」

お園は言葉に詰まり、ひたすら吉之進を見つめる。

「女将に渡しに、戻ったという訳だ。……じゃあ、これで」

「吉さん」

お園は掠れる声を出した。

「待宵草《まつよいぐさ》ね。夜になるのを待って咲く、可憐《かれん》なお花。私、大好きなの」

吉之進は笑んだ。

「その花を見て、女将を思い出したんだ。喜んでもらえて、よかった」

「ねえ、せっかく戻ってきてくれたのだから、少し呑んでいかない？」

「いや、また改めて来よう。女将、少し顔色が悪いから、早く休んだほうがよいぞ。躰に気をつけてくれ」

「そうね……。吉さん、ありがとう、いつも」

吉之進は「おやすみ」と微笑み、去っていった。お園は待宵草を大切に持ち、その後ろ姿を、見えなくなるまで見送った。夜風に吹かれ、灯のような色の待宵草が、お園の胸元で揺れていた。

夜の川の流れは、昼間よりいっそう、しっとりした音色だ。

二

早速文太が、「〈福寿〉を盛り上げる催し」を考え、その案を伝えにきた。

「俺さあ、〝男女の集い〟ってのを〈福寿〉で開けばいいと思うんだよ。独《ひと》りもんの男と女が集まって、相手を見つける、っての」

「いいですねえ、それ！　あたしも参加したいです」

竹仙も嬉々とする。お波が蒟蒻の田楽《でんがく》を頰張りつつ、訊ねた。

「もちろん、参加料ってのを取るんでしょう？　男からも、女からも」

「あたぼうよ！　江戸はどうせ男があぶれているから、女より少し高めにしても、結構集まると思うぜ」

「なかなか面白そうじゃねえか。どうだい、女将、やってみたら？　話題になるかもしれねえぜ」

　少し考え、お園は答えた。

「そうねえ……〈福寿〉が出会いの場になれたら、嬉しいわね」

「よし、決まった！　俺、瓦版に書き立てて、男と女を集めるぜ！」

「あら、文ちゃん、頼もしい。あたしもなんだかワクワクしてきたわ。女将さん、〝男女の集い〟、成功させなくちゃね」

　お波に見つめられ、お園は頷く。八兵衛も嬉々とした声を上げた。

「おお、これは俺も負けてられねえ。俺も宴に参加して、〈福寿〉に貢献《こうけん》しなくちゃな！」

　からからと笑うも八兵衛、皆にじろっと睨まれ、ぐうの音《ね》も出なかった。

　文太が瓦版に書き立ててくれたおかげで、〈福寿〉が満杯になるほどの男女の応募があった。

宴が催される日、お園は張り切って掃除をし、百合《ゆり》の花を飾った。

夜、貸し切りで、宴が始まった。集《つど》ったのは、二十代から三十半ばの、男女七人ずつだ。小上がりで、男女が一列ずつになり、向かい合って座る。

——まるで、集団のお見合いね——

お園は思った。

集った中には、いかにも含羞《はにか》み屋といった者、生真面目そうな者もいれば、文太や竹仙のようにいい加減そうな者もいる。

それでも出会いを求めて集まった者たちは、各々ぎこちない態度でありながらも、どこか生き生きとしていた。

その中の一人を眺め、お園は——おや？——と思った。

一際《ひときわ》、艶やかで美しい女だったからだ。

——この方なら、男の人が周りに沢山いらっしゃるでしょうに、このような集まりに参加なさるなんて、不思議。もしや、〝冷やかし〟かしら——

その女は流行りの笹色紅《ささいろべに》を差し、深川鼠《ふかがわねず》の縞《しま》の着物を纏って、垢抜《あかぬ》けている。

ちなみに笹色紅とは、玉虫《たまむし》色の紅を下唇に重ね塗りして笹色（緑色）に発色させる化粧法である。しかし玉虫色の紅は高価なものであるので、庶民は安価な紅で工夫した。唇に墨を載せ、その上に紅を重ね、墨特有の黒光りを紅の下から透けさせることで、笹色に近い色彩を作り出すのだ。女も恐らく、そうして唇を彩っているのだろう。

女は爪紅までつけており、鳳仙花《ほうせんか》の汁で染めた艶めかしい指先が、お園の目を惹いた。

集まった男たちも、その女を眩しそうに眺め、文太と竹仙も鼻の下を伸ばして見惚《みと》れている。注目を浴びても女は動じず、背筋を伸ばして嫣然と座っていた。

酒と料理を出す前に、お園が簡単に挨拶をした。

「〈福寿〉の女将、園でございます。今宵はうちの店を使ってくださって、まことにありがとうございます。是非、素敵なお時間をお過ごしくださいますよう。堅苦しいことは抜きで、お楽しみください」

集った者たちは大きく頷き、宴が始まった。

「よし、じゃあ、先ずは自らの紹介といこうか！　俺は文太といって、瓦版を作っています。この宴の言い出しっぺでもあります。歳は三十一、お調子者と言われますが、実は寂しがりで、優しい女の人との出会いを求めて、張り切って参加しました。こんな俺ですが、よろしくお願いします」

文太が威勢良く挨拶すると、ぱらぱらと拍手が起こり、次第にそれは大きくなり、ほかの皆も「よろしく」と頭を下げた。

次に、文太と向かい合って座っている小柄な女が、挨拶をした。

「あの……こういう集まりは初めて参加するので、緊張しています。糸《いと》といって、駿河町《するがちょう》でお針子《はりこ》をしています。二十一歳で、寄席《よせ》に行くのが好きなので、一緒に行ってくれる人を希《のぞ》みます」

再び拍手が起こった。男女たちは次々に挨拶をし、皆、楽しそうに聞いている。その合間に、お園が作った料理を、お波が運んだ。

「すみません、ちょいと失礼しますよ。はい、お酒とお通しね。高野豆腐に、胡瓜《きゅうり》と白胡麻を載せたもの」

「ありがとうございます」

挨拶を聞きながらも、皆、早速酒を呑み、料理に口をつける。

「あら、美味しい！　高野豆腐、全然ぱさぱさしてなくて、ぷるぷるしてるわ」

「本当だ。こんなに弾力があったっけ。味が染みてて、旨い」

「良いお味ですね。お酒が進みそう」

皆の顔がほころび、いっそう和やかな雰囲気になっていく。

ちなみにお園は高野豆腐を温《ぬる》い湯ではなく熱湯で戻すので、ぷるぷるした食感になるのだ。戻した高野豆腐を千切ったものに、薄く輪切りにした胡瓜を酢と白胡麻で和えたものを載せれば、出来上がりである。

美味しい料理と酒で、皆、緊張がほぐれていくようだ。お園も板場から顔を出し、良い雰囲気になっているのを確認して、微笑みを浮かべた。

「あたしは易者《えきしや》をやっております、竹仙と申します。文太さんと一緒に、この〈福寿〉にはいつもお世話になっております。この高野豆腐のように、しっとり味が染み込みつつも、歯応えのある女の人を求めて、参加いたしました。酸いも甘いも嚙み分けた三十二歳、よろしくお願いいたします」

「私は浅草橋の茶屋で女中をしている、幸《さち》といいます。えっと、良いところは、細かいことでくよくよしない。悪いところは、寝起きがあまり良くなくて、寝過ぎることです。よろしくお願いします。あ、十九です」

時折笑い声も起きながら、やがて最後の一組となった。

「俺は日本橋〈は組〉の火消しで、悠太《ゆうた》といいます。歳は二十四。旨いものを食べるのが大好きで、今日は料理も楽しみにして来ました。さっき竹仙さんが、理想の女の人を高野豆腐に喩えられましたが、俺もそんな人がいいなと思ってます。よろしく！」

火消しと聞き、女たちの目が輝き、嘆息が漏れる。火消しといえば、江戸では花形の職業だからだ。しかも悠太という青年は、笹色紅の女と同じく、このような集いに来ることが不思議に思われるような、なかなかの二枚目であった。

そして最後は、悠太の向かいに座っている、笹色紅の女だった。女は後《おく》れ毛をそっと直しつつ、気怠《けだる》い声で挨拶をした。

「松《まつ》と申します。博多《はかた》から出てきて、両国《りょうごく》で働いています。歳は二十三。倒れるまでお酒を呑むのが、好きです。よろしく」

男たちが「おおっ、九州女かい」と色めき立つ。文太は立ち上がり、徳利を持ってお松に近づいていった。

「姐さん、いける口だね。ま、これからも、ひとつよろしく」

「あら、ありがとうございます。こちらこそ」

文太に酒を注がれ、お松が一息に飲み干すと、男たちは「いいねえ、さすが博多の女」と、さらに色めき立った。お松は「ふぅ」と息をつき、艶めかしく男たちを見回す。口元の小さな黒子《ほくろ》が、またなんとも言えぬ色香を醸《かも》し出している。

しかし悠太だけは、どこか白けた様子であり、ほかの女たちに話し掛けていた。お松がやけに目立ってしまい、ほかの女たちがつまらなそうなのを、感じ取ったのだろう。

「仕事が終わると、いつも何をしてるの？」

火消しの悠太に話し掛けられ、女たちは嬉しそうだ。女たちの注目が悠太に集まると、今度は男たちが面白くなさそうな顔になる。

お園とお波が、今度は鍋と七輪を運んだ。

「暑いのに、すみませんね。でもお味は良いと思いますので、鍋を楽しんでください。お玉も用意しましたので、近くの人と分け合って、どうぞ」

鍋と七輪、お玉は四つずつある。三～四人で一つの鍋を突《つつ》くということで、こうすれば、誰もあぶれることなく仲を深めることが出来ると、お園は考えたのだった。牛蒡と里芋、豆腐、椎茸《しいたけ》を、味噌仕立ての汁で煮て、南瓜《かぼちゃ》も煮溶かす。

分け合って食べながら、皆、相好を崩した。

「うん、味噌と南瓜ってのは合うな！　とろみとコクが、一段と増す」

「本当、何ていうのか、ふくよかな味」

「素朴《そぼく》だけれど、凄く旨い。こんな味は初めてだ」

勢い良く食べる皆を見ながら、お園は笑みを浮かべた。

「よろしかったです、お気に召していただけて。これは、〝ほうとう〟というお料理に似せたものです。ほうとうは甲斐でよく作られるようです」

「へえ、ほうとうって、こういう味なのか。南瓜のとろみが、牛蒡と里芋に被さって、独特だなあ」

　文太も夢中で食べる。

「南瓜は違いますが、牛蒡と里芋は、根物（根菜類）でしょう？　皆様のことを思って、根物を使ってみたんです」

　皆の目が、お園に集まる。悠太が訊ねた。

「どのようなお考えで、牛蒡や里芋などの根物を？」

「ええ。男と女といいますのは、上《うわ》っ面《つら》だけではなく、もっと根っこのほうを見るべきですよね。どうしても表に現れるところが目に入ってしまいますが、見えずに地下に張り巡らせている部分、根っこそが大切なのではないか、特に男女の仲では。……そんなことを思いながら、根物を用いてみました」

　お園の答えに、皆、食べる手が一瞬止まった。皆、七輪の上で湯気を立てている鍋を覗く。悠太が言った。

「なるほど、そんな深い意味があったんですね。根っこ、ですか。根物は滋養があるといいますよね。牛蒡は堅いけれど、よく煮込めば柔らかくなる。堅い心も、柔らかくなれるのかな。上っ面だけではない女と付き合えば」

「うん、きっと、そうよ」

悠太の言葉に、お幸が大きく頷く。すると、女たちは皆、「そうに決まってる」と続けて同意した。だがお松だけは何も言わず、頷きもせず、酒を啜っている。

鍋を突き、皆、打ち解けてきたようだ。話も盛り上がっていく。

「こちらのお料理、とても美味しいわね。また来たいわ」

「うん、旨いし、値段も手頃だし、いい店だ」

「ねえ、近くの〈山源〉って店、行ったことある？」

「あるある。でも、京料理っていうのが、なんだかぴんと来なかったのよね、私の舌には。値段も高いし、それっきり。だったら、ほかの、〈山源〉もどきのお店に行ったほうがいいわよ！」

「ああ、噂になってんだよな。〈山源〉の人気料理によく似た、っていうか、そっくりの料理を出す店があるって」

「私が知ってるのは、浅草の〈花楓《かえで》〉ってとこ！〈山源〉の料理そっくりで、〈山源〉より安いなら、皆、そっちにいくわよね」

「そのこと、〈山源〉は知ってるのかしら？」

「俺たちが知ってるぐらいだから、耳には入ってるだろうよ。店に直接、文句を言いに行ったりしないのかな？　うちの料理を盗むな、って」

「言いに行ったって、『偶然同じ料理でしょう』って、とぼけられるんじゃない？」

「真似してる店、ほかにも知ってる！　あのね上野の、〈亀庵《きあん》〉って店」

「へえ、そりゃ、面白い話題だ。色々聞かせてよ」

仕事柄、興味津々《しんしん》といったように、文太が身を乗り出す。喧《やかま》しいので、その話は、板場にいるお園の耳にも届いた。

お園は、今度は蕎麦搔きを持ってきた。

「盛り上がっていらっしゃるところ、すみません。ほうとうでは饂飩を入れるようですが、蕎麦搔きで試してみたところ美味しかったので、こちらでどうぞ」

「おおっ、これは旨そう！」

「蕎麦搔きのもちもち感が、この、とろみのある汁に合いそうね」

皆、唾を吞み込み、蕎麦搔きを鍋に入れていく。ふっくらしてきた頃に椀によそって頰張り、皆、息をついた。

「舌が蕩けそう」

「旨《うめ》えなあ、汁が染みて。蕎麦掻きと南瓜って、意外に合うもんだな」

「むちむち、ほくほくして、堪らないわ」

皆の満足げな笑みに、お園の心が癒される。お園が蕎麦ではなく蕎麦掻きにしたのは、鍋で分け合って食べやすいということだけでなく、皆に丸い、まろやかな心を持ってほしいという願いがあった。蕎麦には、細く長く縁を繋いでほしいという意味があるだろうが、お園は縁を繋ぐ以前に、先ずは皆にまろやかな心で打ち解け合ってほしかったのだ。

美味しい料理でお腹が満たされ、酒も廻り、皆、ざっくばらんになっていく。初めの頃の緊張も、すっかりなくなってきたようだ。男同士、女同士でも話が弾むようになり、これほど賑やかな〈福寿〉は実に久しぶりであった。

宴が和やかに進む中、しかし悠太は、あることが気になって仕方ないようだった。そして、ついに口に出した。

「あのさ、蕎麦掻き、まったく食べてないんだけれど。旨いから食べてみなよ」

話し掛けられ、お松は「え?」と悠太を眺めた。お松の目の縁《ふち》は仄かに紅く染まり、相当酒が廻っていることが分かる。お松は少しずつ料理を口にするものの、ずっと呑んでばかりなのだ。

悠太とお松の眼差しがぶつかる。お松は「ふん」と笑い、暑いのだろう、胸元をさらに開けた。豊かな胸の膨らみが、そっと覗く。

「私、嫌いなのよ、蕎麦掻きも蕎麦も。こんなもん、口にしたくないわ。大っ嫌い」

酔ったお松の声は大きく、皆、驚いたように黙ってしまった。悠太も目を見開く。お松は続けた。

「蕎麦なんてさあ、不味《まず》いじゃない。博多は饂飩が盛んなのよ。だから蕎麦なんて江戸に出てきて、初めて食べたの。そしたら不味いったら！　一生食べたくないわ、あんなもん」

悠太の顔色が変わり、言い返した。

「それは言い過ぎじゃないか？　はっ、饂飩？　生粋《きっすい》の江戸っ子の俺にしてみれば、饂飩こそ大したもんじゃねえや。なまっちろくて、どん臭い食いもんだ。蕎麦の旨さが分からねえなんて、あんたも粋がってるけど、まだまだお子ちゃまってことだな！」

お松は悠太をじろりと睨んだ。笹色紅の唇を、軽く嚙み締める。

「はっ、この私がお子ちゃまですって？　なに言ってんだよ、火消しのくせに無粋な男だねえ。饂飩が大したことないなんて、あんたの頭の中にも火がついて、燃えちゃったんじゃないのお？」

お松はかなり酔っているようで、そう言って、けらけら笑った。悠太の顔色はますます青ざめ、立ち上がってお松に摑み掛かりそうになり、さすがに「まずい」と思ったのか、文太が羽交《はが》い締めにした。

「ほら、せっかくの宴なんだから、兄さんも落ち着いて」

しかし悠太の怒りは冷めやらず、お松を怒鳴りつけた。

「なんだ、あんたのその態度は！　この蕎麦搔きだって、女将さんがせっかく作ってくれたんじゃないか！　それなのに文句ばかり言いやがって、宴をぶち壊したいのか？　だったら来なければよかっただろう！」

するとお今度はお松が顔色を変え、ふらりと立ち上がった。

皆、はらはらと見守るばかりだ。悠太が声を張り上げたので、お園とお波も「どうしたの？」と板場から出てきた。

お松と悠太が睨み合う。お松は「ふん」とまたも鼻で笑い、笹色紅の唇を尖《とが》らせ、悠太に怒鳴り返した。

「偉そうなことを言ってくれるじゃないか、このお松さんに。なにさ、江戸の男なんて、伸びきった蕎麦みたいなやつばかりじゃないか！」

「なんだと？　あんたみたいな、頭ん中がふやけた饂飩みてえになってる女に、そんなこと言われたかねえや！」

「なによっ」

「なんだとっ」

お松はもちろん、悠太だって酒が入っている。まさに摑み合いになりそうな迫力で、文太だけでなく竹仙も悠太を押さえつけ、お園とお波も「まあ、まあ」と止めに入った。

お松は後れ毛を直しつつ、「ホント、こげんなとこ来るんじゃなかった！」と憤然として店を出ていった。昂《たかぶ》りの為、博多訛りが思わず漏れてしまったようだ。

お松がいなくなり、悠太はいったん腰を下ろしたものの、すぐに立ち上がり、「すみません。気分がちょっと……」と、皆が止めるのも聞かずに、帰ってしまった。

二人の喧嘩《けんか》によって宴の雰囲気は壊され、少ししてお開きとなった。

「なんだか上手くいったんだか、上手くいかなかったんだか分かんねえような結果になっちまったな。女将、すまねえ」

文太に謝られ、お園は「とんでもない」と慌てた。

「文ちゃんのおかげで、人が集まってくれたのは確かですもの。纏まった売り上げも出たし。文ちゃんには感謝しかないわ。……でも、皆様には申し訳ないことをしたわね。楽しく、和やかに宴を終えてほしかったのに、あんなことになってしまって。せっかくの出会いの場だったのに」

皆の気持ちを思うと、お園の胸は痛んだ。竹仙が励ますように言った。

「まあ、でも、『また別の機会に集まろう』なんて話していた人たちもいましたし、宴は失敗という訳ではないと思いますよ。皆さん、お料理も堪能してましたしね」

「そうだよな。鍋のおかげで、ぐっと打ち解けたもんな。ちょっと暑かったけどよ」

二人の話に、お園の気持ちが些《いささ》か楽になる。

「そう。……それなら、宴も少しはお役に立てたのね。よかったわ」

「女将さんが気にすることないわ。あの、博多から来た女ってのが悪いのよ。急に怒り出してさ。なによ、ちょっと美人だからって天狗《てんぐ》になっちゃって。いけ好かないったら」

お波が頰を膨らませる。皆に励まされ、お園は悪く考えないようにはしたが、このようなことも思うのだった。

——あのお松さんって人、お蕎麦を相当嫌っていたようだけれど、江戸にいらして今まで食べたものは、よほど美味しくなかったのかしら。それとも、根っから、お蕎麦が苦手なのかしら——

三

数日経っても、お園は、喧嘩した江戸男と博多女のことが気掛かりだった。

——二人とも見てくれは決して悪くない、それどころか良いほうなのよね。それなのにあのような集いに訪れたということは、やはり性格が何か災《わざわ》いして、互いに異性と縁がないのかしら？——

また、お松が妙に蕎麦を嫌っていたことも、やはり引っ掛かっていた。蕎麦屋の娘であったお園は、——どうして蕎麦をそれほど嫌うのだろう——と思ってしまうのだ。

考えることは色々あるが、やらなければならないことだって、もちろんある。

お園はお初《はつ》の小屋に届ける弁当を、朝から作り始めた。

お初は、両国の小屋で、女力士として活躍している。今年の初めに、〝日本橋大食い大会〞の料理をお園が任された縁で、知り合った。お初は、今昔亭朝寝《こんじやくていあさね》という新進の噺家《はなしか》といい仲であり、それゆえこの前の男女の集いには来なかったのだ。

今昔亭朝寝は本名を耕平《こうへい》といい、噺家になる夢を求めて父親と不仲であったが、お園の料理がその親子の仲を改善し、耕平が高座に上がることも叶《かな》えたのだった。

それで本日の弁当は、おむすび、里芋と鯣烏賊《するめいか》の煮物、蒲鉾《かまぼこ》の天麩羅、生姜の漬物。蒲鉾は、小屋の大入りを祈って、縁起の良い紅白のものを使う。

お園は弁当を作りながら、ふと思った。

――そうだ、お松さん、確か『両国で働いている』って仰ってたわ。お初さんに訊けば、何か分かるかも。お松さんは人目を惹く美人だし、両国では名の知れた人かもしれないわ――

天麩羅を揚げる芳しい匂いが、〈福寿〉に満ちていた。

お園は三十人分の弁当を持って猪牙舟《ちょきぶね》に乗り、大川《おおかわ》を渡って両国へと向かった。汗ばむ時季だが、舟の上で風に吹かれていると、暑さを忘れてしまう。夏の日差しに煌《きら》めく川面《かわも》に、魚が飛び跳ねる。

川べりは緑も多く、のんびりとしていて、釣りをしている人も見える。小舟町から両国までは舟でそれほどの距離ではないが、こうして揺られていると、お園は良い気分の転換になるのだ。

お初が女相撲《おんなずもう》を取っている小屋〈夕潮座《ゆうしおざ》〉へと無事弁当を届け、お園はそれとなく訊ねてみた。

「ある女の人のことで、ちょっとお伺いしたいの。両国で働いているそうなんだけれど、心当たりないかしら。博多から来た人で、なんとも婀娜《あだ》っぽくて、顎に小さな黒子があって、三毛猫みたいな顔をなさった……お松さんと仰ったかしら」

するとお初は大きな声を出した。

「ああ、お松さん！　もちろん知ってます。この近くの小屋で水芸をなさってますよ。特に男の人たちに人気で、お松太夫《だゆう》って呼ばれてます」

やはりお松は、顔を知られた女のようだ。お園は身を乗り出した。

「よければ、もう少し詳しく、お松さんについて教えてくれない？　お松さんってお蕎麦が嫌いみたいだけれど、どうしてなのかしら。ほら、数日前、うちで男女の集いをしたじゃない？　お松さん、あの集いに来てくれたんだけれど、お蕎麦がもとでほかのお客さんと喧嘩になってしまったの」

「ええ、そんなことがあったんですか？」

お初が目を見開く。

「そうなの。だから私、心に引っ掛かってしまって。ほら、私、蕎麦屋の娘だったでしょう？　だから、お蕎麦をそれほど嫌う人がいると、なんだか切なくなってしまうのよ。ねえ、お松さんのお蕎麦嫌いの訳、ご存じないかしら？　単に味が嫌いというだけなのかしら」

お園が優しく訊ねると、お初は「喋《しゃべ》っちゃっていいのかな」と躊躇いつつも、教えてくれた。

「お松さん、囲われていたって訳ではないけれど、親密な男の人がいたんです。でも、その人には家族があって……。お松さんはその人と正式に一緒になりたかったのだけれど、その人は奥さんと別れる気にはならなかったみたいで、でもお松さんとも離れ難いようで、ずるずると関係を引き延ばそうとしたんです。お松さんはそんな関係に耐え切れず、御自分から別れを切り出したんですよ。だから、新しい男の人との出会いを求めて、そのような集いに参加されたのでしょう。御自分から腐れ縁を清算したけれど、やはり寂しいのでしょうね。お松さん、美人だから、男のお客さんに人気があるんですよ。お松さんを贔屓《ひいき》にして、近寄ってくるお客さんも沢山いるけれど、結局は助平根性なのでしょうね」

お園は思った。

——お松さん、どうやら、そんな男の人たちに嫌気が差していて、そろそろ真面目な男の人と真剣に交際をしたくて、集いに参加したようね——

お初は続けた。

「……それで、そのお松さんとずるずる関係していた男の人というのが、大のお蕎麦好きで、お松さんを伴っては蕎麦屋に出入りしていたんです。でもお松さんは、やはり江戸の蕎麦の味には馴染《なじ》めなかったみたい。『蕎麦に付き合わされるのだけはきついの』、なんて言ってましたから」

「なるほど……そういうことだったのね」

お園は思った。

——お松さんがお蕎麦に嫌悪《けんお》があるのも、その男の人とのことが、まだ心にしこりとして残っているからね。お蕎麦を見ると、だらだらと関係を続けようとした、その男の人を思い出してしまうのでしょう——

お松が「江戸の男なんて、伸びきった蕎麦みたいなやつばかりじゃないか」と口走った訳が、お園は分かるような気がした。

お初の話によると、お松は男と別れただけでなく、芸も変化がなくお決まりになってきていると興行主に言われ、仕事面でも悩んでいるようだ。

お園はお初に教えてくれた礼を言い、〈夕潮座〉を後にした。

男女の集いは微妙な雰囲気で終わったものの、話題となり、客足が少しずつ回復してきた。昼餉の刻も常連以外は殆《ほとん》ど来ずにがらがらだったが、常に半分ぐらいは埋まるようになり、お園は深く感謝した。

お園は買い物に行った帰り、道で、〈山源〉の板長である寛治に出くわした。それで寛治たちが、相変わらずお園を中傷しているのは、風の噂で知っている。それでもお園は、「こんにちは」と寛治に挨拶をした。

しかし寛治は挨拶を返すこともなく、通り過ぎた。

お園は顔を伏せたまま、道端に佇《たたず》んだ。

――私のことなど、同じ料理人と思っていないのでしょうね――

溜息が漏れてしまう。それでもお園は頑張らなくては、と思う。力になってくれる仲間が、お園にはいるからだ。


その夜も、店を閉め終えると、お園は板場で包丁に向かって祈った。

――今日も一日無事に終えることが出来、ありがとうございました。皆さんのお心遣いのおかげで、お客さんたちが少しずつ増えて参りました。お客さんたちに喜んでいただけますよう精進いたしますので、どうかお見守りください――

瞑っていた目を開けると、お園は、静かに自分に問い掛けた。

――〈山源〉の板長さんは、どうして私を目の敵にするのかしら。あんなふうな態度をとるのかしら――

すると、誰かの声が聞こえた気がした。

――女将が悔しい気持ちも分かる、でも、決して気に病むな――

お園ははっとして、顔を上げ、周りを見回した。もちろん、人の気配はない。お園は再び、包丁をじっと見つめ、考えた。

――寛治さんは、修業ということに、腕を磨くということに、拘《こだわ》り過ぎているのでは。私は確かに、料理の修業はしていない。だから、技術などでは、〈山源〉の人たちに劣《おと》るかもしれない。けれど、私の料理の一番良いところは何？　それは、お客様をもてなすという心が、こもっていることだわ。それが、寛治さんには気に障《さわ》るのではないかしら――


翌日、昼餉の刻も終わる頃、火消しの悠太が男子を連れてお園の店にやってきた。男子は十四、五歳ぐらいであろうか、お園は初め、悠太の弟か甥《おい》だと思った。

悠太はお園に深々と頭を下げた。

「先日は御迷惑をお掛けして、本当に申し訳ありませんでした」

「いいですよ、もうお気になさらないでください。あの集まりが話題になって、うちはお客様の入りが良くなってきているのですから。集まってくださった皆様には、御礼を申し上げなければいけません」

今度はお園が「ありがとうございました」と、悠太に頭を下げた。悠太は、「そんな」と恐縮しつつ、男子の頭を撫でて言った。

「こいつ、峻二《しゅんじ》っていうんですが、蕎麦が好きなんですよ。俺も好きで、よく一緒に食いにいくんですが、あの時蕎麦をけちょんけちょんに言われたから、ついカッとなっちまって。女将さん、今日はこいつに、美味しい蕎麦を食わしてやってください」

「まあ、そういう訳だったのですか。お気持ち、分かります。私も元々は蕎麦屋の娘ですので、お蕎麦を悪く言われると、いい気はしませんもの」

「ええっ、そうなんですか！　だから蕎麦掻きがあれほど旨かったんですね。いやあ、これは期待しちゃうなあ」

お園と悠太は微笑み合う。二人の遣り取りを聞きながら、峻二が口を挟んだ。

「悠太さんがずっと言ってたんです。『蕎麦掻きがとっても旨かったから、今度その店に連れて行ってやる』、って。だから俺も期待して来ました」

どうやら峻二は、悠太の弟とか甥という関係ではなく、幾分歳の離れた友達のようだ。お園は峻二に微笑んだ。

「かしこまりました。御期待に添えますよう、心を込めて作らせていただきます」

　美しい女将に見つめられ、峻二の頬が仄かに色づく。悠太は峻二の頭を、再び撫でた。

　お園は二人に小上がりに座ってもらい、お茶を出した。そして板場へ行き、大切な包丁を手に、料理を始める。

　お園に出された蕎麦を見て、二人は思わず声を上げた。

「これは凄い、鰻《うなぎ》が載っている！」

「ああ、匂いも何とも言えず、良いなあ」

　二人とも息を吸い込み、喉を鳴らす。醬油と味醂で味をつけた鰻の蒲焼《かばや》きを一口大に切り、それを蕎麦に載せ、刻んだ葱《ねぎ》と海苔《のり》を散らしたのだ。照りと艶のある蒲焼きに、二人とも目を奪われている。

「どうぞお召し上がりください」

　お園に言われ、二人は食らいついた。一口食べてうっとりとした顔になり、言葉も忘れて夢中で頰張り始める。

「鰻と蕎麦って、こんなに合うんですね」

「鰻のコクが汁にまで染みて、旨いったら」

蒲焼きを食べ、蕎麦を掻っ込み、汁を啜る。額に汗が滲《にじ》んでも、そんなこと構っていられない。

ずずっ、ずずっ、心地良い音が、〈福寿〉に響く。すると峻二が「おや？」というような顔をし、声を上げた。

「これは……鰻とは違う」

悠太も、初めて食べる手を止めた。

「本当だ。鰻にそっくりだけれど、違う。歯応えが……柔らか過ぎる。溶けちまいそうに」

悠太は蒲焼きの一切れを箸でつまみ、じっくりと眺めた。

お園はにっこり笑って、答えた。

「気がついていただけましたね。それは茄子です。茄子を鰻に見立てて、蒲焼きにしたものも混ぜたんです。似てますでしょう。ちょっと見、分からないぐらいですよね」

二人は目を丸くした。

「ええっ、茄子なんですか？」

「本当に分からないや。半分ぐらい食べたところで、ようやく気づいたもん」

鰻と茄子、同じ味付けにしたので、すぐには分からなかったようだ。お園は微笑んだ。

「似ているけれど、まったく違いますよね。だって、片や魚、片や野菜、ですもの。それでも丼の中、お蕎麦という細く長い御縁に繋がれて、どちらも美味しく、あたかも兄弟のよう。……悠太さんと峻二さんのようでもありますね」

悠太と峻二は顔を見合わせ、照れくさそうな笑みを浮かべた。

二人はお代わりまでして、お腹をさすりながら満足そうな顔で立ち上がった。

「いやあ旨かった！　また必ず来ます。女将さんの料理は、やっぱりいいなあ」

「御馳走さまでした。鰻と茄子の組み合わせ、癖になってしまいそうです」

お園は思った。

――二人とも、善《よ》い若者ね。悠太さん、宴の時は喧嘩っ早いところを見せたけれど、こんなふうに峻二さんにお蕎麦を食べさせてあげたり、本当は優しい人なんだわ――

お園は二人を丁寧に見送った。

帰り際、峻二が足を少し引き摺っていることに、お園は気づいた。

翌日、昼の休み刻、お園は淡雪羹《あわゆきかん》の手土産を持って、悠太のいる日本橋の火消し〈は組〉を訪ねた。

淡雪羹は、卵の白身をよく泡立て、それに砂糖を少々入れ、火に掛けて溶かした寒天をそれにまた混ぜ、冷やして固めて作る。真っ白でまさに淡雪を思わせる、清らかな菓子だ。

いつも火と闘っている火消したちに、少しでも涼しげな気持ちになってもらいたくて、お園はこの菓子を作ったのだった。

丁度、悠太が出ていたところだったので、お園は〈は組〉の頭《かしら》に菓子を渡したが、火消したちは皆喜んでくれた。威勢が良くて明るい者が、揃っている。

驚いたのは、〈は組〉の者たちが、〈福寿〉を知っていたことだ。火消しの一人が言った。

「悠太から話を聞いています。『美味しい店だから、今度、皆で行こう』って誘われました。うちら、町衆には持て囃《はや》されますが、結局周りに野郎ばっかりなんで、出会いがないんすよ。また、同じようなことやってくれると嬉しいです」

「まあ、そうだったのですか」

お園は大きな目を瞬かせた。

「悠太のやつ、反省してましたよ。『俺、その集まりで、ほかの客と喧嘩しちまったんだ。それで迷惑掛けちまって……』、と。『女将さんいい人なのに、悪いことした』って、何度も言ってました」

どうやら悠太は、細やかな面があるようだ。お園は気になっていたことを、仲間の火消しにさりげなく訊ねてみた。悠太と峻二の関わり合いを、だ。

その火消しは知らなかったが、ほかに知っている者がいて教えてくれた。

「数年前、通油町《とおりあぶら》で火事が起きた時、燃え盛る火の中から悠太がその峻二って子を助け出したんだ。それで、峻二は命には別状なかったけれど、脚に怪我を負《お》ってしまってね。その傷がなかなか癒えず、未だに脚を引き摺っているみたいで、そのことで悠太は責任を感じ続けているんだ」

「まあ……」

「もちろん良心の呵責《かしやく》っていうだけではなくて、悠太は峻二とは馬が合うみたいだね。弟のように可愛がっていて、峻二が大の蕎麦好きだから、よく食べに連れて行ってあげているよ。いいやつだよ、悠太は」

お園は思った。

——それなのにお松さんがお蕎麦を貶《けな》したので、悠太さん、峻二さんとの絆《きずな》を踏みにじられたような思いになって、ついカッとしてしまったのね。本当は穏やかで、思い遣りのある人なのだわ——

お園は丁寧に礼を述べて、去ろうとした。すると淡雪羹を一口食べた火消しが、「旨い！　本当に淡雪みたいに口の中で蕩ける！」と騒ぎ始め、お園は皆の「今度、必ず、お店に行きます」という声に送られ、〈は組〉を後にした。

その帰り、道端に鳳仙花が咲いているのを見つけた。真紅の鳳仙花が花びらをひらひらと揺らしている様は、金魚が泳いでいるようにも見える。

お園は、お松を思い出す。細い指先、爪紅を丁寧に塗っていた。

鳳仙花の花びらにそっと触れ、お園はぽつりと呟いた。

「金魚、飼いたいな」

見上げると、澄んだ青い空。眩しさに目を細め、お園は大きく伸びをした。

その夜、吉之進が店をふらりと訪れた。お園は、酒と、鶉《うずら》の卵の醤油漬けを出した。茹でて殻を剥《む》いた鶉の卵を、醤油と味醂と薄く切った大蒜《にんにく》で漬けたものだ。

「うむ、旨い。大蒜がまた利いている」

醤油色に染まった鶉の卵を味わい、吉之進が目を細めた。吉之進に褒められ、お園の心に温かなものがじんわりと広がっていく。

お園は吉之進に、悠太とお松のことを告げた。

「お松さんは美人だけれど、勝気で、意地っ張り。悠太さんは、鯔背だけれど、根が真面目過ぎて、頑ななのね。二人とも悪い人では決してないのだけれど……どこか不器用なのかな」

「似た者同士ということだろう。面白いではないか。火消しと水芸。火と水。火を消すには水がなければならぬ。水を沸かすには火がなければならぬ。正反対のように見え、互いに必要なものなのだ」

酒を啜り、吉之進はふっと笑みを浮かべた。

「そう言われてみれば、そうね。火消しと水芸って、なんだか不思議だわ」

吉之進は鶉の卵を見つめ、呟いた。

「なるほど、それで卵なのだな」

そして吉之進はおもむろに、卵を箸で二つに割った。いつもは鶉の卵など一口で食べてしまうような吉之進なので、──何故？──とお園は目を見張る。

吉之進は半分に割った卵を箸で摘まみ、お園に見せた。

「ほら、この卵、黄身がとても大きい。白身が殆ど無いぐらいだ」

「まあ、本当に。周りに白身が薄くついてるぐらいね」

吉之進はまた別の卵を割り、中を確認して、再びお園に見せた。

「これは、黄身が丸ではなく、四角になっている。不思議なことに」

「あら、本当」

お園は覗き込み、目を丸くした。吉之進は卵を頬張り、呑み込み、腕を組んだ。

「つまりは、中身など割ってみなければ分からないという訳だ。外見《そとみ》は同じ鶉の卵でも、中身は一つ一つ違うように、外見は同じ粋な男女でも、中身は一人一人違うのだ。案外傷つきやすかったり、壊れやすかったり、または優しかったり。……面白いものだな」

お園は吉之進に酌をしながら、繰り返した。

「割ってみなければ分からない、か。本当にそうよね。……ねえ、吉さん、お願いがあるのだけれど」

お園は吉之進に、あることを頼んだ。

四

翌日の昼餉の刻、悠太が火消しの仲間を連れて、〈福寿〉を訪れた。

「よろしくっす！」

皆、賑やかで威勢が良く、店の中がぱっと明るくなる。総勢八名の火消したちは、小上がりに座り、「おお、感じが良いなあ。綺麗だし」と言いながら、〈福寿〉を見回した。

お園は皆に、おむすびと冷や汁、冷奴《ひややつこ》、漬物を出した。冷や汁は、味噌汁に白胡麻を溶かして冷まし、それに刻んだ胡瓜と茗荷と韮《にら》を混ぜ合わせて作った。冷や汁は昼餉の品書きであったが、お園は特別に、火消したちに出したものには韮を加えた。精力を少しでもつけてもらいたかったからだ。

おむすびは、梅干し入りと、赤紫蘇《あかじそ》を混ぜ合わせたもの、二種を用意した。梅も赤紫蘇も、どちらも滋養があり、腐らせない効果もあるので、暑い季節には重宝する。

冷奴には、葱と生姜を細かく刻んで胡麻油でさっと炒めて塩を少々ふったものを掛けた。簡単だが、実に何にでも合う薬味である。

漬物は、胡瓜を塩揉みして、唐辛子入りの昆布出汁に漬けたもの。これもぴりっと爽やかな美味しさだ。

「おおっ、これは涼しげでありがてえ!」

暑さが増してくる時季、お園の心遣いの料理を、火消したちは満面の笑みで頰張り始める。皆、冷や汁をずるずる啜る音を響かせ、あっという間に平らげてしまった。

「悠太が言うとおり、旨いっ! 女将さん、お代わりください」

「あ、こっちも!」

「暑い時にこういう飯は嬉しいよなあ。俺はおむすびもお代わりください」

「梅干しもいいけど、赤紫蘇のも堪んねえ。俺も、両方お代わり!」

「はい、お待ちくださいね」

皆の活気が、お園を明るくさせる。お園は笑顔で、すぐにお代わりを運んだ。

火消したちは米粒一つ残さずに平らげ、「御馳走さんでした。また必ず来ます!」と元気良く言って、立ち上がった。

帰り際、お園はそっと悠太に告げた。

「皆さんを連れてきてくださった御礼に、美味しいお蕎麦を御馳走させていただきたいから、夕方、峻二さんとまた御一緒にいらしてください」

　悠太はお園を見つめ、頷いた。

〈は組〉の者たちは〈福寿〉から出て、大声で話しながら、〈晴《は》れやか通り〉をぞろぞろと歩いていった。

「ああ、旨かった。満腹、満腹」

「〈福寿〉の料理はただ旨いだけでなく、一味違うや。またゆっくり行こうぜ」

　通りを行き交う人々は、火消したちと〈福寿〉を交互に眺めていた。


　約束通り、夕餉の刻に、悠太は峻二を連れて再び〈福寿〉を訪れた。店には吉之進もいて、床几《しょうぎ》に腰掛け、酒を啜っている。

「今日も蕎麦を出してくれるというので、楽しみにして来ました」

　峻二は笑みを浮かべている。

「俺も楽しみです。今日はどんな蕎麦を食べさせてくれるのか。女将さん、お願いします」

「かしこまりました。少しお待ちになってくださいね。……私も楽しみなんです。今宵のお料理は初めてお客様にお出しするものなので、どのような御感想をいただけますか」

「ええっ、では俺たちが初めて食べる客ということですか」

お園は笑みを浮かべて頷き、板場へと入っていった。

少し経ってお園は戻ってきて、二人の前に、皿を置いた。それを見て、悠太と峻二は、目を瞬かせた。

出された料理は蕎麦ではなく、皿には、巻き寿司が一本どんと載っていたからだ。言葉を発さなくとも、——これのどこが蕎麦？——と、二人の目は語っている。

お園はにっこりした。

「よく御覧になってください。何が入ってますか？」

悠太と峻二は、皿を持って巻き寿司をよく眺め、「あっ」と声を上げた。

「そ、蕎麦だ！　米の代わりに、蕎麦が入っている」

「蕎麦が具と一緒に、海苔で巻かれているんですね。このような料理は初めて見ました」

お園は「気づいてくださいましたね」と言いながら、二人に一度皿を返してもらい、蕎麦の巻き寿司を適度な大きさに切って、再び二人に渡した。悠太も峻二も、切り口をしげしげと眺める。

「不思議な食いもんですね。蕎麦のほかの具は、干瓢《かんぴょう》と胡瓜、卵焼きに田麩《でんぶ》か。どんな味がするんだろう」

お園は、巻き寿司の要領で、茹でた蕎麦とそれらの具を、巻き簾《ます》で包んで作ったのだった。

「そのままでもよろしいと思いますが、お好みでお汁をつけて、召し上がれ」

お園は、蕎麦の汁を小鉢に入れ、山葵《わさび》も添えて、二人に出した。

悠太と峻二はごくりと喉を鳴らし、蕎麦寿司を摑み、頰張った。もぐもぐと口を動かしながら、二人は顔を見合わせ、目を見開く。その表情からは、――美味しい――という言葉が聞こえてくるようであった。

呑み込み、峻二が声を上げた。

「こんな蕎麦、初めて食べました！　不思議だけれど、とっても美味しいです。なんていうのか……普通に米を巻いて作ったものより、さっぱりしていて、次々いけるというか」

話しながらも、峻二は二つ目に手を伸ばす。

「うん、確かに峻二の言うとおりだ。蕎麦の寿司のほうが、するする食べられて、腹にもたれないような気がする。しかし参ったな、蕎麦と干瓢が、こんなに相性がいいなんて」

悠太は二つ目を汁につけて食べ、「うん」と頷いた。

「こうして食べると、一段と旨い。蕎麦と寿司の良いところを、同時に味わっているようだ」

峻二も悠太を真似て汁をつけて食べ、満足げに微笑んだ。

「ホントだ。蕎麦と寿司を両方味わえる気分になるなんて、贅沢な料理だね」

「お気に召していただけて、私も嬉しいです」

お園は優しい眼差しで二人を見つめ、一息ついて、言った。

「中身って、外からは分からないこともありますよね。大きな海苔に包まれているのがお米かと思ったら、実はお蕎麦だったり。不思議なものです。……人もそうですよね。外見からは分からないことって、多いように思います」

悠太と峻二は舌鼓を打ちながら、お園の話を聞いていた。

店にほかのお客が入ってきて、料理を堪能した悠太と峻二は「本当に御馳走さまでした」とお園に礼を言い、立ち上がった。

お園が目配せをすると、吉之進が二人に「私が送って参りましょう」と申し出て、三人は揃って店を出た。

日はすっかり暮れ、夜風に軒行灯の明かりが揺れている。〈晴れやか通り〉を歩きながら、吉之進が訊ねた。

「家はどちらなのですか」

「俺は品川町《しながわちょう》、峻二は本町《ほんちょう》です」

本町といえば時の鐘があるほうだ。品川町も本町も、西堀留川を渡った、向こうにある。

「そうですか。それならば橋を渡るべきでしょうが……如何《いかが》ですかな、お時間はありますか？　お連れしたいところがあるのですが」

悠太と峻二は顔を見合わせた。

「ええ、まあ、時間はありますが、どこへ連れて行ってくださるんでしょう？」

「とても楽しいところですよ。両国に、見事な水芸を見せてくれる小屋があるというのです」

「水芸……ですか」

「どれ、猪牙舟で参りましょう」

吉之進は笑みを浮かべ、二人を促す。悠太と峻二は首を傾げながらも、吉之進の後をついていった。

その小屋は両国広小路《ひろこうじ》のちょうど中ほどにあり、近くの小屋では異国から取り寄せたという駱駝《らくだ》が呼び物になっていた。

〈藤浪座《ふじなみざ》〉と書かれた派手な暖簾《のれん》を潜《くぐ》ると、小屋に特有の熱気が伝わってきた。それほど大きくはないが、客も集っていて、賑やかである。吉之進は菓子売りから粟の水飴《みずあめ》を買い、二人に渡した。舞台では丁度、狂言《きょうげん》の真似事のようなことが行われ、松が描かれた屏風《びょうぶ》の前で面を被った男たちが踊り狂い、戯言《ざれごと》を放って客を笑わせていた。

「あの面、真っ赤で面白いなあ」

小豆武悪《あずきぶあく》という面を被った男を見て、峻二が嬉々とした声を上げる。このようなところに来て昂っているのだろう、峻二の頬はうっすらと紅潮していた。

狂言もどきが終わり、いよいよ水芸だ。裏方の黒子《くろこ》たちが出てきて、舞台を変えていく。小さな赤い橋が作られ、その両側には灯籠《とうろう》が置かれる。黒子たちはすぐに引っ込み、三味線の音色が響き始める。

すると客たちから、「待ってました！」、「お松太夫！」と次々に声が掛かった。

艶やかな藤色の羽織袴《はおりはかま》を纏った女が、舞台に現れた。髪は花魁《おいらん》のように横兵庫髷《よこひょうごまげ》に結って煌《きらび》やかな簪《かんざし》を幾本も挿し、三毛猫のような顔に丁寧な化粧を施《ほどこ》し、笹色紅を差し、爪紅をつけている。女はしゃなりしゃなりと橋の真ん中に立ち、客に向かってお辞儀をした。歓声と、大きな拍手が起こる。

「よっ、お松太夫！　水も滴《したた》る、いい女」

この女を目当てに小屋を訪れている客も多いようだ。

――もしや、あのお松太夫という女は、いつぞやの、お松？――

しどけなく微笑む女を眺めるうちに、悠太は気づいた。あの時よりさらに派手な装いではあるが、〈福寿〉で喧嘩をした女と、同じ女であると。すると何だか嫌な気分が込み上げてきて、悠太はむすっとして、舞台から一瞬目を逸《そ》らした。

しかし、峻二はそのような経緯を知る由《よし》もなく、水飴を舐めるのも忘れ、舞台をぼうっと眺めている。十四歳の峻二は、お松の艶やかな美貌《びぼう》に度肝《どぎも》を抜かれ、ひたすら見惚れる。口を半開きにしている峻二を横目に、吉之進は笑みを浮かべた。

「皆様、ありがとうございます。今宵も潤う一刻を、共に出来れば嬉しく存じます」

お松は簡単な挨拶を述《の》べ、再び丁寧にお辞儀をし、三味線に合わせて、金と銀の扇子を翻し、軽やかに踊った。しなやかな動きがなんとも色っぽく、客たちはいっそう熱くなる。

お松が右手に持った金の扇子で、擬宝珠《ぎぼし》をぽんと叩くと、そこから水が噴き出した。

「おおおっ！」

客たちは沸き、拍手が巻き起こる。高く噴き上がる水は、きらきらと煌めき、曲線を描いて落ちていく。お松が今度は扇子で水を遮《さえぎ》ると、噴き出しがぴたりと止まる。自在に水を操るお松に、客たちは大喜びだ。

お松は両手にそれぞれ金と銀の扇子を持ち、次々に水を噴き上げさせた。灯籠からも噴き出させ、扇子で遮り、今度は扇子からも水を噴き上げる。

その手の動きがまた鮮やかで、客たちは溜息をついて見惚れる。三味線に合わせて踊りながら水を操るお松は、あたかも天女のようで、峻二は食い入るように見つめている。悠太も、初めは抵抗があったようだが、いつの間にかお松の芸に目を奪われていた。

お松は最後に橋全体から水を舞い上がらせ、扇子から噴き出させた水をぽんと投げて、橋の周りの菖蒲《しょうぶ》に移し、菖蒲からも水を噴かせて、喝采《かっさい》の中で芸を終えた。

峻二も我を忘れたように、拍手をしている。お松の芸が、峻二の心を潤わせたのは確かなようであった。その隣で、悠太も拍手を送る。

袴を引き摺りつつ、しゃなりしゃなりと引っ込む時、お松も悠太のことに気づいたようだった。目が合い、一瞬、お松の動きが止まったのだ。


その頃〈福寿〉には、〈山源〉の昇平が下っ端の幸夫を連れて、食べにきていた。八兵衛夫婦と文太もいて、昇平は溶け込んでいたが、幸夫はやはり暗く、口数も少なかった。

「俺の奢《おご》りなんで、女将さん、美味しいものをこいつに食わしてやってください」

昇平に頼まれ、お園は頷いた。

「かしこまりました。お優しいのね、昇平さん。下の人に御馳走して差し上げるなんて」

「ホント、〈山源〉の人たちって嫌味っぽいのが多いけれど、昇平さんはいい人よねえ。昇平さんみたいな人が皆を纏めていくべきと思うわ、あたし」

お波は昇平を眺め、目を細めている。爽やかで思い遣りのある昇平が、可愛くて堪らないようだ。そんな妻が気掛かりなのか、八兵衛は軽く咳払いをして言った。

「おい、昇平さんを褒めるのはいいけど、〈山源〉を貶すのはよくねえぜ。〈福寿〉でこんな話をしてるって、もしあちらに伝わりでもしたら、迷惑を被るのは女将だからな」

すると昇平は苦々しく笑った。

「俺たちは、ここで伺った話を〈山源〉で話すなんてことは決してしませんので、安心してください。でもまあ、八兵衛さんが仰るように、噂話などはしないほうが、女将さんの為にもよろしゅう思います」

「さすが昇《しょう》ちゃん、よく分かっているのね。ねえ、女将さん、昇ちゃんにもう一本つけてあげて。それは、あたしの奢り、よ」

昇平に秋波《しゅうは》を送るお波に、八兵衛は大きな溜息をつく。

「まったく……いつから昇平さんが昇ちゃんになったってんだ。こいつぅ」

ぶつぶつ呟く八兵衛に、昇平が曇りのない笑顔で、「お内儀の御厚意、有難くいただきます」と礼を言う。すると八兵衛も文句を呑み込むしかなく、「いいってことよ」と項垂れた。

お園は幸夫たちに、料理を出した。湯気の立つ丼を覗き込み、昇平は大きく息を吸い込んで、うっとりとする。

「これは、穴子《あなご》の柳川《やながわ》風ですね」

「そうです。お汁たっぷりのそれを、御飯に掛けてみました。召し上がれ」

穴子、ささがきにした牛蒡、小口切りにした葱を、醬油と味醂と味噌と酒で煮て、卵で綴《と》じたもの。それを御飯の上に載せたのだから、美味しくない訳がない。

「頰が落ちそうだ。柳川風は江戸の味。女将さんの料理を食べられて、幸せです」

昇平は笑みを浮かべ、口一杯に頰張る。幸夫も「美味しいです」とぽつりと言って、ひたすら口に運んだ。その姿を眺めながら、八兵衛が喉を鳴らす。

「穴子は今時分が旬だからな。……なんだか俺も穴子丼がほしくなっちまった。女将、俺にもおくれ」

「あたしも、ちょうだい。二人の食べっぷりを見てたら、お腹空いちゃったわよ」

お園は「はい、はい」と板場へ行き、すぐに作って持ってきた。八兵衛とお波は早速、食らいつく。

「旨《うめ》えなあ。夏の穴子ってのは、さっぱりしてんだよな」

「そうそう、まだ若いからか淡泊なんだけれど、そこがいいのよね。脂が乗ってるのも美味しいけれど、胃にもたれることがあるから。これぐらいが、あたしには丁度いいわ」

お園は微笑んだ。

「私もお波さんと同じく、秋から冬に獲れる脂の乗った穴子より、今の時分のあっさりした穴子のほうが好きなんです。癖がないぶん、どんなお料理にも使えるんですよ」

「ああ、確かにそうですよね」

頬張りながら昇平が頷き、そしてはっとしたように、隣の幸夫を見た。

「そうか、分かりましたわ。女将さんがどうしてこの料理を、こいつに出してくださったか」

皆、箸を止め、昇平を見つめる。

「幸夫は確かにまだ未熟だけれど、それゆえに修業次第でどんな色にも染まっていくことが出来る。女将さんは、この料理を通して、そう仰ってくださったのではありませんか。今の時季は穴子はまだ若くて淡泊だけれど、それゆえにどんな料理にも使うことが出来る……そのことを喩えに」

昇平の言葉に、八兵衛とお波が「なるほど」と感心したように頷く。幸夫は俯《うつむ》き加減の顔を上げ、お園を見た。そして、小さな声だがはっきりと、「ありがとうございます」と言った。お園は婀やかな笑みを浮かべ、幸夫を見つめ返した。

「板前さんの修業はたいへんでしょうが、頑張ってくださいね。応援してますよ」

幸夫は大きく頷き、再び勢い良く、穴子飯を搔っ込み始めた。昇平が幸夫の肩に、手を置く。幸夫の目は、心なしか潤んでいるように見えた。

二人が帰ると、八兵衛がぽつりと言った。

「さすが、〈山源〉の三番板前、やるなあ」

お園も頷いた。昇平の舌や心遣いは、一流の者が持つそれだ。

八兵衛は、こんなことも話した。

「さっきは口にしなかったけどよ、変な噂を聞いたぜ。〈山源〉の人気料理の作り方が、ほかの店にも流れてる、って。真似してる店が出てきているらしい」

「あら、八兵衛さんの耳にも届いてるの？　私はこの前の男女の集いで、初めてその噂を聞いたんだけれど」

「そうそう、あの時、そんな話が出たわよね！〈山源〉の人たちも分かってるはずだから、気分悪いでしょうね」

八兵衛は酒を舐め、声を落とした。

「いったい、どうしてそんなことになってんだろう。誰かが〈山源〉に客のふりをして潜り込んで、色々な料理を食べては、その作り方を盗んでるってのか？」

「そうね、お客のふりをして通っていたら、誰かなかなか分からないわよね。お客は沢山いるでしょうし。それで盗んだ料理を、色々な店に横流しして、小遣いをもらっているとか？　やだやだ、世知辛いったら」

お波は顔を顰めて、塩辛を突く。お園は少し考え、言った。

「でも、素人で、あそこの料理の作り方を、すぐに分かるものかしら。私はちゃんと食べに行ったことはないけれど、〈山源〉さんほどのお店なら、そんなに簡単な料理は出していないと思うのよね。出汁の取り方にしろ、隠し味にしろ、何か秘伝のものがあるに違いないわ」

「……ってことは、玄人の仕業《しわざ》ってこと？　料理に精通した」

「もしくは、〈山源〉の中の誰か、か。それなら作り方を知ってて当然だもんな」

三人は顔を見合わせる。何か不穏なものを感じ、お園は両手を胸の前で握り合わせた。

五

その翌日、お園は差し入れを持って、〈藤浪座〉までお松に会いにいった。お園の顔を見て、お松は目を見開いた。

「まあ、あの時の……。先日は失礼いたしました。お酒がかなり入っておりましたので。せっかくの宴を壊してしまい、本当に申し訳ありませんでした」

お松は素直に謝り、お園に深く頭を下げた。

——お松さん、鉄火肌のように思ったけれど、素面《しらふ》では案外殊勝なところもあるようね——

お園はなんだかお松が微笑ましく、「気になさらないで」と、差し入れの包みを渡した。

「お松さんに是非お召し上がりいただきたくて、作って参りました」

お園に言われて、お松は目を丸くし、肩を竦めた。

「え、だって、御迷惑をお掛けしてしまったのに、このようなものまでいただくなんて、恐れ多いです」

「いえいえ、おかげさまであの宴が評判になりまして、うちとしましては成功だったんですよ。……申し訳ないのは、こちらのほうです。お松さんのことが気になって、両国で働いていると仰ってたことを手掛かりに、こちらで水芸をなさっているとと突き止めて、押し掛けてしまったのですもの」

お松はそっと顔を伏せた。

「いえ、そんな。あのようなことをしたのですもの、何処《どこ》で何をしているか調べられて、埋め合わせをしろと言われても仕方がないぐらいです。私のことをお探りになったことは、どうぞお気になさらないでください」

そしてお松は包みを抱え、「有難くいただきます」と、再び頭を下げた。お園は安堵の笑みを浮かべた。

「よかったわ、受け取っていただけて。お松さんの水芸、私はまだ拝見してませんが、とても素敵なんですってね。うちの常連さんが、ほら、あの時お松さんがやりあった火消しの悠太さんと、そのお友達と一緒に見たそうで、甚《いた》く感心してましたよ。『美しい舞台で、見事だった』って」

「そうでしたか……ありがとうございます」

お松はまた目を伏せた。漆黒《しっこく》の長い睫毛《まつげ》が、ほっそりした頰に影を作る。悠太の話が出て、なんとはなしに気まずさを感じたのだろう。

お松はお園に、お茶とあられを出した。そして「お腹が空いているので、早速いただきます」と、包みを開けた。

「これは太巻き！　私、太巻き、好きなんです。……あら？」

一つ手に取り、その感触に、お松は首を傾げる。そして切り口を見て、目を丸くした。

「これ、饂飩ですか？　お米じゃなくて？」

「はい、お饂飩の巻き寿司です。お米の代わりにお饂飩を使って、胡瓜とお揚げと葱と一緒に海苔で巻きました。お揚げに味を染み込ませましたので、何もつけずにそのままで充分と思います。召し上がれ」

「……いただきます」

お松は恐る恐る頬張り、長い睫毛を瞬かせた。嚙み締め、呑み込み、小屋に響くような声を上げる。

「やだ、美味しい！　こんなお料理、初めて。でも美味しい。お汁を啜ることなく、饂飩を楽しめるなんて。こんな暑い時には、ぴったりだわ。するするお腹に入っちゃう」

お松はよほど空腹だったのか、細い躰で、次から次に饂飩寿司を頬張る。お園は微笑んだ。

「お松さんは博多のお生まれで、お饂飩がお好きって仰ってましたものね。……悠太さんとそのお友達の峻二さんがお店に来てくださった時には、お蕎麦で作った巻き寿司をお出ししたのですけれど、やはり喜んで召し上がっていただけました」

事の発端が蕎麦と饂飩であったことを思い出したのだろう、お松が急に噎《む》せた。

「大丈夫ですか？」

お園が飲み掛けのお茶を急いで渡すと、お松は目を白黒させながらそれを飲み干し、胸を叩いて息をついた。

「ああ……またもすみません。お見苦しいところを」

「いいえ、こちらこそ失礼しました。でも、お松さんに、是非聞いていただきたいのです。あの時、悠太さんが、どうしてあれほどお蕎麦のことでムキになられたのか。……聞いていただけますか？」

お園に見つめられ、お松は頷いた。その仕草は、まるで三毛猫が首を傾げるようだった。お園はお松に、悠太と峻二の経緯について話した。峻二の怪我のこと、蕎麦を介した二人の絆のこと、など。

話を聞き終え、「そうだったのですか……」とお松は唇を嚙んだ。何も知らずに蕎麦を貶してしまったことに、心がちくりと痛んだのだろう。

「峻二さん、お松さんの水芸を御覧になって、大喜びだったそうですよ」

「そう……よかったです、楽しんでいただけて」

お松は少し恥ずかしそうに、笑みを浮かべた。微笑みを見せたお松は、とても愛らしい。お園は言った。

「悠太さん、あの時は売り言葉に買い言葉で、お松さんに食って掛かられたけれど、本当は細やかな人なんだと思います。普段は威勢の良い火消しだって、その中身は、外からは分かりませんからね」

お松は、饂飩寿司に目をやった。お園の話の間は真剣に聞いていた為に食べなかったので、一切れ残っている。最後の一切れを摑み、お松は思った。

――確かに、割ってみなければ、中は分からないわよね。普通の巻き寿司に見えても、中が饂飩なんてことだってあるのだもの――

頰張り、嚙み締め、ゆっくりと味わい、「ああ、美味しかった」と呟き、お松はお園に告げた。

「改めて、お店にお伺いします。女将さんのお料理を、もう一度いただきたいので」

「舞台が終わった後、お店が閉まる前頃にいらしてくだされば、静かにお召し上がりいただけますよ」

お園の言葉にお松は頷き、「では三日後に」と約束した。

六

三日経った夜、お松が〈福寿〉を訪れた。戸を開け、お松は一瞬、バツの悪そうな顔をした。悠太と峻二もいたからだ。

「お松さん、よくいらしてくださいました。……さ、こちらへ」

お園はお松を小上がりに上がらせ、二人の前に座らせた。

「……どうも」

「あ、はい」

お松と悠太はぎこちないが、峻二は無邪気に喜んでいる。舞台で見て以来、お松は峻二の憧れだからだ。

「うわあ、水芸のお姉さんだ！　本物だ、凄いなあ」

頬を紅潮させる峻二が可愛く、お松の顔も思わずほころぶ。

「見てくれたんですってね。ありがとう」

「はい！　感激しました。色んなところから水が噴き出して、扇子からも噴き出して、驚きました。踊りも巧《うま》かったし、とても綺麗……で」

峻二は最後は小声になり、俯いてしまった。悠太は、そんな峻二を肱《ひじ》で突いた。

「なに照れてんだよ。……こいつ、貴女の舞台を見てから、すっかり虜になっちまったみたいで」

「恥ずかしいから言わないでくれよお」

峻二がぼやくと、悠太とお松は顔を見合わせ、笑みを浮かべた。二人とも、自然に微笑み合うことが出来た。峻二のおかげで、徐々に溝《みぞ》が埋まっていくようだ。

二人の様子を見てお園は安堵し、板場へと入り、腕を振るった。

お園は皆に、蕎麦を上方風に、うどんを江戸前にしたような料理を出した。博多の名物である〝がめ煮〟を汁物に仕立て、その中に蕎麦を入れたもの。江戸の名物である〝軍鶏鍋《しゃも》〟の中に、饂飩を入れたもの。

がめ煮の〝がめ〟とは、もともとは〝鼈《すっぽん》〟の博多弁である。お園は鼈を使って、がめ汁を作った。ほかに牛蒡、里芋、蒟蒻、椎茸を入れた。

軍鶏鍋には軍鶏肉のほか、牛蒡、葱、しめじを入れた。

上方風の蕎麦料理、江戸前の饂飩料理に、三人は舌鼓を打った。

「さっぱりしたがめ汁に蕎麦、こってりした軍鶏鍋に饂飩は、意外にもよく合うな。これは旨い」

「ホント、お蕎麦ってこんなに美味しいのね。鼈と絡み合って、絶妙な歯応え」

「俺も饂飩がこんなに旨いとは知らなかった。汁を吸って、ふっくら柔らかく、いくらでも食える」

額に汗を浮かべて汁を啜る二人の横で、峻二は「どちらも美味しい」とはしゃいでいる。

お松は蕎麦、悠太は饂飩、苦手と思っていたものが不思議と美味しく感じるのは、心の隙間が徐々に埋められてきているからだろうか。

お園はさりげなく口を出した。

「どちらも美味しいでしょう？　自分の頑なな思いに囚われて、新しいものを見ないことは、良いものを逃がしてしまうことにもなりますよね。相性って確かにあるでしょうが、この上方風の蕎麦、江戸前の饂飩のように、相手に合わせてみることも、時には必要ですよね」

悠太とお松が、お園を見る。お園は微笑み、続けた。

「鼈も軍鶏も、それぞれ個性が強くて、派手ですよね。味も独特で……また、その一癖あるところがよいと、虜になる人も多いですけれど」

なんだか、自分たちを鼈と軍鶏に喩えられているようで、お松と悠太は顔を見合わせる。二人とも、刺々《とげとげ》しさは、まったくなくなっていた。

「ああ、旨かった」

「夢中でいただいたから、一汗掻いてしまったわ」

「美味しいものを食べると躰が熱くなるのは、躰が喜んでるからかな」

三人とも、手拭いで顔や首筋を拭っている。お園は次に、竹を割って繋げて作ったものを置き、それに素麵を流してみせた。

「うわあ、まるで水芸みたいだ！」

水に流れる素麵に、峻二は大はしゃぎだ。

「素麵が竹を流れている間に、掬《すく》ってお召し上がりください」

お園は桶《おけ》も置いたので、掬えなかった分はそれに溜まるから、無駄になる心配はない。

三人は楽しみながら、流れる素麵を掬い、汁につけて味わった。口には出さなかったが、三人とも心の中で思っていた。

――笑顔で食べる料理は、いっそう美味しいものなのだ――、と。

悠太とお松は、お園に頭を下げた。

「あんな御迷惑をお掛けしてしまったのに、こんなにもてなしてくださって……。何と御礼を申し上げればよろしいのでしょう」

お園は嫋やかな笑みを浮かべ、返した。

「過ぎ去った火種など、水で消して、流してしまっていいんですよ」

素麺を頬張りながら、峻二も笑顔で言った。

「そうだよ。それが、みずみずしい将来に繋がるんだよ」

すると……悠太はふっと俯いてしまった。皆、悠太を見つめる。

悠太は暫く黙っていたが、ぽつぽつと峻二に語り掛けた。

「俺のせいで、お前は酷い目に遭ったのに……」

店の中が、しんとなる。峻二も黙ってしまった。

お園は思った。

――この二人は仲が良いのだろうけれど、まだ、どちらの心にも蟠《わだかま》りがあるのかもしれないわ。悠太さんは自分の落ち度をずっと気にしているのに、年下の峻二さんに気を遣われたようなことを言われて、嬉しいよりも、心苦しくなってしまったのでは――

静けさを破るように、峻二が少し苛立ったように言った。

「もう気にしてないって言ってるじゃないか。ずっと、嫌だったんだ。悠太さん、俺に変に気を遣ってくれているようで。だから、俺のこと気にせずいい人を見つけてほしいと思って、男女の集いにも出れば、って言ったんじゃないか！」

「そんなこと……」

二人の仲が険悪になりそうになり、お園は慌てた。が、こうも思って納得した。

――だから、悠太さんほどの男前の火消しが、あの集いに訪れたのね――。と。

すると、お松がはきはきとした口調で訊ねた。

「お二人のことは、女将さんから伺いました。それで、峻二さんに訊きたいのだけれど、今、脚の具合はどうなのかしら？　お医者はなんて言ってるの？」

峻二は素直に答えた。

「お医者さんは……『すっかり治るとは言い切れない。脚がちゃんと元に戻るのは、五分五分ぐらい』、って。『脚を動かしつづければ、もしかしたら治るかも』、とも」

「ちゃんと歩いてる？」

「え……あ、寺子屋なんかが忙しくて」

峻二は言葉を濁《にご》す。峻二はなかなか繁盛《はんじょう》している店の息子で、甘やかされているようでもあった。

お松は少し考え、言った。

「じゃあ、これから毎日、私がいる両国の小屋まで、歩いていらっしゃい」

皆、目を見張った。峻二の家から両国までは、結構ある。

「え、でも」

峻二は口ごもる。悠太が口を出した。

「こいつの家がある本町から両国までは、やはり遠い。それにこの暑さじゃ……」

しかし、お松は厳しくも励ますように言った。

「だって、お医者が言ったんでしょう。動かし続ければ治るかも、って。だったら、もっとちゃんと歩く練習をしなくちゃ。何だって、やってみなくちゃ分からないでしょ。お料理だって、そうじゃない。がめ汁に蕎麦、軍鶏鍋に饂飩がこれほど美味しいなんて、私、今日まで気づきもしなかったもの」

峻二は瞬きもせずに、お松を見つめる。お松は酒を少し啜り、自分のことを話し始めた。

「私も小さい頃から、喘息《ぜんそく》持ちだったんだ。躰が弱くてね、でも江戸に憧れて、どうしても江戸で一旗揚げたくて、一人で出てきたの。どうやって江戸まで来たか、分かるでしょ？　長い長い道を、歩いてきたのよ！　お金もあまり持ってなかったから、野宿するような時だってあったけれど、ただただ江戸への憧れを胸に、辿り着いたの。……不思議よね、江戸へ着く頃には、どうしてか喘息も治まってきて、江戸で暮らし始めて、躰もすっかり丈夫になっちゃった」

　お松は峻二を、真っすぐに見つめ返した。

「だから、なんだって諦めちゃいけないのよ。峻二さん、まだ若いんだもん、頑張ればきっと治るわよ。ね、明日から、一人で歩いて、私のところにいらっしゃい。女の私が克服《こくふく》出来たんだもの、男の貴方が出来ないなんてこと、ないわよ」

　お松はそう言って、明るく笑った。まるで花が咲いたような笑顔であった。

　お松に「男」と認められたのが嬉しかったのだろう、峻二は頬を微かに染め、頷く。

　悠太は心配そうであったが、お松は「大丈夫。私に任せて」と、はきはきと言った。悠太はお松を、頼もしそうに眺めた。

　お園も峻二の躰が心配ではあったが、何も口を出さずに暫く見守ろうと思った。

七

翌日から、峻二の両国通いが始まった。峻二は約束通りちゃんと一人で、お松がいる〈藤浪座〉まで歩いてきた。

「やっぱり時間が掛かった」

峻二は汗を掻き、ぜいぜい言っている。

お松は「よく頑張ったわね」と、峻二の好きな蕎麦を作ってあげた。憧れの人に料理を出され、峻二は飛び上がりそうなほどに喜んだ。

「嬉しいなあ！　いただきます」

「女将さんから作り方を教わったの。葱と蒲鉾だけでごめんね」

「ううん、充分です」

峻二は嬉々として、「美味しい、美味しい！」と、あっという間に平らげた。

「たくさん動いてから食べると、特に美味しいでしょう」

「はい、お松さんに作ってもらえて、頑張った甲斐がありました」

真に嬉しそうな峻二を見つめながら、お松はあることを思いついた。

峻二は、お松がいる小屋まで歩くことを毎日続けた。初めはたいへんだったようだが、徐々に慣れていき、早く着くようになった。少しずつではあるが、脚が元に戻ってきているのは、明らかだった。

暑い盛りに峻二が続けることが出来たのも、お松が作ってくれる蕎麦が目当てというのが大きかったようだ。お松は、峻二の為に、毎日蕎麦を作ってあげたのだ。

悠太は、そんな峻二を、いつも陰で見守っていた。峻二が近くを通る刻になると、悠太は〈は組〉をそっと抜け出し、身を隠して様子を窺っていた。そして悠太は、峻二をやる気にさせてくれたお松に、心の底から感謝していた。

——初めは、爪紅までして粋がった嫌な女だと思ったけれど、案外中身は温かなんだな。やはり何でも、外面だけじゃ分からねえってことか——

そんなことを思う悠太の頭に、いつぞやお園が作ってくれた蕎麦寿司が浮かび、苦笑する。悠太はもちろん、お松と仲直りさせてくれたお園にも、深く感謝をしていた。

悠太も峻二を応援し、峻二がしっかり歩けるようになるにつれ、二人の溝が埋まっていった。二人の蟠りを、お松が流してくれたのだろう。

　ある日、悠太がお松のもとへ、礼を述べにきた。峻二のことを、まるで本当の家族のように気遣う悠太に、お松の心が動かされる。お松は改めて謝った。

「あの時は、ごめんなさい。江戸の男なんて伸びきった蕎麦みたいのばかり、なんてことを口走って。悠太さんみたいな人もいるのにね」

「気にしないでくれ。俺のほうこそ悪かったよ。貴女みたいな優しい人に、頭の中がふやけた饂飩みたいな女、なんてことを言ってしまって。最低だ、俺は」

　お松は思わず苦笑した。

「ふふふ、いいわよ。あれだけはっきり言ってもらうと、かえってすっきりするもの。……そうね、確かに、ふやけていたのかも。でも、少しずつ、戻ってきてるんじゃないかな。貴方たちのおかげで」

　二人は見つめ合う。悠太は返した。

「俺も確かに伸びきっていたかもな。でも俺も、少しずつ、こしが戻ってきてるようだ。……貴女のおかげで」

　お松は笹色紅の唇を少し尖らせ、照れくさそうに笑った。悠太も「なんか気障《きざ》だよな」と、鼻の頭を掻いた。

〈藤浪座〉の暖簾には、鮮やかな茜《あかね》が射している。

後日、お園と吉之進も呼ばれ、お松の小屋へ水芸を見に行った。そこには悠太と峻二もいた。

お松の水芸が、このところ評判になっているようで、小屋は大入りだった。

そのお松の芸とは、こうである。水芸で噴き出した水を、器に溜め、それを火に掛けて温め、なんと即席で蕎麦を作るのだ。それをお客に振る舞ったところ、大うけしたという訳だ。

その場合、茹で時間が短い蕎麦のほうが、時間が掛かる饂飩より重宝だ。お松は、今では蕎麦に感謝していた。

それはお松が新たに試みた、水と火を使った、芸であった。自分が作った蕎麦を満足げに食べる峻二の顔を見ているうちに、この芸を思いついたのだ。

「さあさあ、お松太夫、今宵も腕を振るいますよ！　お松太夫に蕎麦を作ってもらえるなんて、幸せ者だねえ」

座頭が煽《あお》ると、客たちはいっそう熱くなり、小屋はさらに活気づく。

お松は相変わらずの艶やかな姿で登場し、金と銀の扇子を手に、舞うような仕草で水芸を披露《ひろう》し、喝采を浴びた。

お松は、今宵、話題の蕎麦を峻二に振舞った。峻二は半分食べると、残りを悠太に渡した。お松が作った一杯の蕎麦を、悠太と峻二は二人で仲良く食べる。悠太の目は、微かに潤んでいた。

小屋の入口には、大きな張り紙があった。

《お松太夫の水芸は、日本橋小舟町の〈福寿〉の料理から案を得ています》、と。


その張り紙の効果か、〈福寿〉にまたお客が集まり始めた。一時、三分の一ほどに減ってしまった客足が、三分の二ほどに回復してきたのだ。

お園もまた、お松の心遣いに深く感謝していた。


お松だけでなく悠太の気遣いもあり、火消したちがよく〈福寿〉を訪れるようになった。すると、若い威勢の良い男たちを目当てに女性客も増えてきて、いい仲になる者たちまで現れ始めた。そして、その噂につられて、また新たなお客がやってくる……。

〝男女の集い〟を催したことは、町の男女にとっても、〈福寿〉にとっても、大きな収穫となったようだ。

八

文月《ふみづき》に入り、暑さもいっそう増してきた。〈晴れやか通り〉にも、陽炎《かげろう》が揺らぐようだ。干上がりそうな中、お園が店の前で水を撒いていると、楊枝屋の内儀であるお芳が近づいてきて、耳打ちをした。

「ねえ、ちょっと嫌な噂を聞いちゃったんだけどさ」

お園は手を休め、お芳を見つめた。

「どんな噂でしょう?」

「それがさ」

お芳は声を潜めた。

「お園さんに言おうかどうしようか迷ったんだけれど、一応、耳に入れておいたほうがいいかなと思って。……お園さんに関する噂なのよ」

「あら、私?」

お園は首を傾げ、目を瞬かせる。お芳は神妙な顔で頷いた。

「不快な気分にさせちゃったら、ごめんなさい。先に謝っとくわ。……ほら、〈山源〉の人気料理の作り方が他に流れてるって話は、聞いたことあるでしょう？　真似て作っている店が何軒かある、って」

「ええ、その噂は耳にしてます」

「それでさ、その料理の作り方を流しているのがお園さんじゃないかって、そんな疑いが出てきているみたいよ」

「えええっ？」

驚きのあまり、お園は絶句してしまった。まさか自分に疑いが掛かるなど、夢にも思っていなかったからだ。

お園の動揺が分かったようで、お芳は「ごめんね」と再び謝った。

「黙っていようかと思ったんだけれど、いつかはお園さんの耳に入ることになるだろうから、伝えておいたほうがいいんじゃないかと思って。この噂、私はお客さんから聞いたんだけれど、どうやら〈山源〉の人たちが疑っているみたい。お園さんが、誰かお客さんを〈山源〉に潜り込ませて、どんな料理が出たか話を聞いて、そこから作り方を推測して、ほかの店に横流ししてるんじゃないか、って。〈福寿〉は〈山源〉に近いから、探ろうと思えばいくらでも探れるし、お園さんなら作り方を察することも出来るでしょう？　それに……ほら、このところ〈福寿〉は少々売り上げが落ちていたじゃない。だから、横流しして金子《きんす》を得ていたんじゃないか、金子欲しさにやったのではないか、って。……考えることがえげつないわよね、本当に」

お園は動揺のあまり手が震えたが、気丈に答えた。

「そんなことを言われているんですか……。教えてくださって、ありがとうございました。それは、えげつないですね、確かに」

まったく身に覚えのない疑いを掛けられた悲しさで、思わず目が潤みそうになるが、お園は必死で堪える。お芳はお園の肩に手を置き、優しく撫でた。

「気を落とさないでね。もしかしたら〈山源〉の人たちが〈福寿〉に乗り込んできたりするかもしれないから、一応、伝えておいたわ。でも店が流行ってるか何か知らないけれど、嫌な人たちだよね。あそこは板長とその次板が、特に偏屈みたいだものね。そいつらが、あることないこと言ってるんじゃないかと思うわ」

「ええ……そうかもしれません。でも、〈山源〉にも、善い人だっているとは思いますが」

お芳は溜息をついた。

「まったく、この期に及んで〈山源〉の人の肩を持つなんて、どんだけお人好しなんだろう、お園さんって！　でも、まあ、人の噂も七十五日っていうし、そんな根も葉もない噂、いつか消えてなくなっちゃうとは思うけれどね。私も、そんな噂を聞いたら、『嘘に決まってんじゃない、お園さんがそんなことする訳ないもの』って、一笑して打ち消してるし。噂が広まらないよう、なるべく早く、下手人を見つけたいわね。私も協力する」

お芳はお園を励ますように微笑み、店に戻っていった。

その背中を見送りつつ、お園は、はたと気づいた。幾分回復したと思った客足がこのところまた緩やかに減少を始めたのは、そのような噂のせいかもしれない。

そっと唇を嚙み、お園は俯く。店の前に置いた、朝顔が目に入った。お民が朝顔の鉢を持ってきてくれたのだ。お民が住む長屋は〝朝顔長屋〟と呼ばれ、朝顔作りが盛んなのだ。朝顔の淡い色彩が、お園の傷ついた心を慰《なぐさ》めてくれる。

――どうして、色々な試練が訪れるのかしら――

身に覚えのないことで疑われ、噂を流されるなど、悲しい上に怖くもある。

――まったくの嘘が真実に歪曲《わいきょく》されてしまったら、〈福寿〉はどうなるのかしら。お店を仕舞うことになるの？——

〈福寿〉を開いて四年と少し、お客にも恵まれ順調にいっていたが、ここにきて初めての危機を迎え、お園の心は打ち震えていた。

その夜、八兵衛夫婦と竹仙が訪れたので、お園は酒と糸瓜《へちま》の煮浸しを出した。

糸瓜を、鰹《かつお》出汁、醤油、味醂、酢、生姜で煮て、おかかを掛けたものだ。

「これ旨いなあ。糸瓜ってのはこれほど旨いもんなんだなあ」

「お酒が進んで仕方ないわね」

「女将さんの料理で、あたしも糸瓜の美味しさに目覚めましたよ。よく煮てるか
ら、とろとろとしながらも爽やかな味わいで、もう病みつきです」

皆に褒められ、お園は「ありがとうございます」と微笑むも、どこかぎこちな
くなってしまう。八兵衛が箸を休め、静かに訊ねた。

「女将、なんだか元気がねえなあ。何かあったかい？」

「ああ、あたしもそう感じていました。何か今日の女将はちょっと違うなあ、
と」

「あたしたちでよければ、力になるわよ」

さすが常連の者たちは、お園のちょっとした変化にも、敏感なようだ。皆には隠しておけないような気がして、お園は正直に話すことにした。おかしな噂を流されて、困っていることを。

皆、黙ってお園の話を聞き、苦々しい顔になった。

「なるほどな。……実は俺も、その噂はちょっと耳にしたことはあったんだ。嘘だと分かっているから、気にも留めなかったが。取るに足らないことだが、女将にとっては、やはりいい気持ちはしねえだろうな」

「そうね。気分を害してしまったわ。それに、怖いのよ。こんな噂が独り歩きしてしまったら、〈福寿〉はどうなるんだろう、って」

お園は一息つき、頼りなげな声を出した。

「私、どうすればいいのかしら。こんなこと、初めてだから……本当に困ってしまうわ」

八兵衛は腕を組み、はっきりと答えた。

「いや、何もしなくていい。疚《やま》しいことがないのなら、放っておけ。そうすれば時が必ず、浄化してくれるぜ」

お園は八兵衛を見つめた。お波も夫に同意した。

「そうね、あたしもそう思うわ。間違ったことをしていないなら、堂々としてればいいのよ。ほら、この前、吉さんだって言っていたじゃない。何を言われようが、相手にしないのが一番だ、って」

「真実ってのは、いつか分かるもんだ。いくら誤魔化しても、嘘で塗り固めても、な」

「あたしもお二人の意見に賛成です。根も葉もない噂など、相手にしないのが一番ですよ」

八兵衛夫婦も竹仙も、お園を励ますように、優しい笑みを浮かべている。

皆の言葉に、お園ははっとした。そんなことで悩んでいたのが愚かだったと、急に思えてくる。お園は声を微かに掠れさせ、皆に礼を言った。

「ありがとうございます。……そうよね、堂々としてればいいのよね。私、悪いこと、何もしていないのですもの」

「そのとおり。よかったよ、気づいてくれて」

八兵衛は箸で糸瓜を摘み、続けた。

「今の女将は、糸瓜のようでもあるな」

「糸瓜、ですか？」

お園は首を少し傾げた。

「うむ。糸瓜ってのはさ、とても役に立つもんだ。料理に使っても旨い、美人水にもなれば、薬にもなり、束子《たわし》も出来る。いわば、万能のものだ。……でも、悪い意味の喩えにも使われる。こんなに役立つものなのに、まったく逆の、何の役にも立たないものの喩えにされたりもする。『なんの糸瓜にもなりやせぬ』、などとな」

「『糸瓜とも思わぬ』、などとも言うわよね。でもあたしは、糸瓜水がなかったら生きていけないわ！　お肌が、かさかさになってしまうもの。あたしにとって糸瓜は、なくてはならないものよ」

八兵衛は恋女房の肩を抱き、笑った。

「そうなんだ、だから今の女将は糸瓜なのよ。悪く言われもするが、本当は非常に役立ち、ある人たちには『なくてはならない』存在なんだ。役立つものであるということが真実だから、悪く言われようと、糸瓜は決してなくならない。女将もそうだ。役立つ人であることが真実だから、悪く言われようと、決していなくならない。真実の前には、不確かな言いがかりなど消えてしまうもんよ。だから女将、大丈夫だ、安心しな」

八兵衛の言葉に、お園の大きな目が潤む。お園は、常連客たちの有難さを、改めて身に染みて感じていた。

皆に励まされて噂を気にしないことにしたが、お園はやはり何か引っ掛かり、男女の集いの時にも耳にした「〈山源〉の真似をしているらしい」という店に行ってみることにした。作り方を誰が流しているのか、下手人を突き止める為にも、何か手掛かりを得ることが出来るのではないかと思ったのだ。

その店は〈花楓〉といい、浅草は東本願寺《ひがしほんがんじ》の近く、門前町《もんぜんまち》にある。店はそれほど広くないが、お客の入りは良く、活気があった。

お園は、噂になっている〝のっぺ〟という料理を食べ、首を傾げた。

――里芋、人参、牛蒡、油揚げのほか、鶏肉も少し入っているわね。見た目は普通の煮物だけれど、薄味なのにコクもあって、確かに美味しいわ。でも、何かしら、この独特な隠し味は。この隠し味のせいか、純粋な京料理とは言えないような気がするけれど――

味を探りながら食べるうち、お園は――もしや？――と思った。

――この味、〈和泉屋〉さんで買った、人気のおかきの味に、少し似ているわ。では、あのおかきも、誰かが作り方を横流ししたというのかしら――

お園の舌が感じ取る、この一風変わった隠し味が、江戸っ子に好まれるのかもしれない。しかし、隠し味が何か分からず、お園はもやもやした気分で〈花楓〉を出た。

――何だろう、あの味は。これまで、味わったことがあるような、ないような。ううん、どうしても思いつかない――

少し離れたところに乾物屋があったので、お園はそこに入り、切り干し大根を買うついでに、〈花楓〉についてそれとなく訊ねてみた。

「あちらで評判のお料理を食べてきたのですが、流行っているみたいですね」

「ええ、でも繁盛するようになったのは、この二箇月ぐらいですよ。あの料理が当たるまでは、お客の入りもそれほどよくなくて、主さんが『もう店を仕舞おうか』なんてぼやいてましたからね。まあ、何が当たるか分からないもんです。京風の料理なんていう宣伝の文句に、江戸っ子は弱いんでしょうな」

乾物屋の主の話から、お園は思い出した。

――そういえば〈和泉屋〉さんも一時売り上げが落ち込んでいたのに、あのおかきで人気を回復したという話だったわ――

お園は「どうも」と一礼し、切り干し大根の包みを持って、乾物屋を出た。帰り道、雲行きが怪しかった。

——一雨きそう——

足早に歩を進める。菊屋橋《きくやばし》を渡りながら、お園はまたあることを思い出した。いつぞや、雨が降る中、〈山源〉の幸夫が何か包みを持って、この辺りをうろうろしていたことを。

——あのことを昇平さんに訊ねたら、幸夫さんはお使いにいっていたのではないかというようなことを言っていたけれど、本当だったのかしら。……あの時、昇平さん、返事に少し詰まったのよね、確か。もしや、何かを知っていて、幸夫さんを庇《かば》っているのでは？　昇平さんは思い遣りがある人だから、有り得ないことではないわ——

お園は橋の上、振り返り、〈花楓〉があるほうを見やった。

——でも。私が見るに、幸夫さんって口数が少ないからか暗い感じがするけれど、根はいい人なのではないかしら。だから昇平さんも可愛がっているのでしょう——

お園はまた向き直り、薄暗くなってきた町を歩いていった。

三品目　祝いの膳

一

文月、お盆を過ぎた頃、伸郎《のぶろう》が一箇月ぶりに〈福寿〉を訪れた。伸郎とは〈日本橋大食い大会〉で連続優勝を果《は》たしている、猪《いのしし》にも似た強面《こわもて》の男だが、根は優しく素直である。

この伸郎、今夜はなんだかいつもと違う。心ここにあらずといった様子で、小上がりに座って溜息を何度もつく。そんな伸郎に、お波が声を掛けた。

「あら、どうしたの？　元気がないみたいじゃない」

しかし伸郎、お波の声が耳に入っているのかいないのかよく分からないといったように、すぐに答えず、ぼんやりとしている。

「ちょっと大丈夫、伸郎さん？」

お波に大きな声で話し掛けられ、伸郎はようやく反応を見せた。

「あ……。ああ、すまねえ、ちょっくら考え事してたんだ。女将、酒と、そうだな、じゃあ元気の出る料理を頼むわ」

「はい、かしこまりました。こんなに暑ければ、ぼうっとしちゃうわよね」

　お園は微笑みながら板場へと行き、先に酒を持ってきて、また下がった。その間に文太がやってきて、「おや、久しぶり」と伸郎と酒を酌み交わす。

　少しして、お園は皿を持って戻ってきた。皿には、艶々とした大きな卵焼きが載っている。芳しい匂いを放ち、こんがりと微かな焦《こ》げ目までが、また食欲を誘う。

「おおっ、これは旨そうだ！」

　伸郎は舌舐《したなめず》りをし、ごくりと唾を呑んだ。

「納豆と韮が入った卵焼きです。元気が出ますよ。召し上がれ」

　美しいお園に微笑まれ、伸郎は嬉々として卵焼きに箸を伸ばす。口一杯に頬張り、伸郎は満足げな笑みを浮かべた。

「お前さんのその顔を見てると、なんだかこっちまで食いたくなっちまうよ」

　八兵衛も喉を鳴らす。

「ほんとね。女将さん、卵焼き、こっちにもちょうだい。納豆が入ってるの好きなのよね、あたし。ふわふわしてるんだもん」

「納豆をよく搔き混ぜると、ふんわり出来上がりますよ」

「前もそう教えてもらって、女将さんが留守にしている間、そうやって作ってみたけれど、あたしの卵焼きじゃお客さんたち満足出来なかったみたい。……やっぱり、何かが違うのよねえ」

溜息をつくお波の横で、文太が笑った。

「伊達《だて》に女将やってる訳じゃねえってこったな。女将、俺にも卵焼き作ってよ」

「はいはい、少しお待ちくださいね」

お園が板場へ行こうとすると、もう一皿平らげた伸郎が、声を上げた。

「女将さん、お代わり！　今度はこの卵焼きを飯に載っけて、丼でね！　もちろん大盛でお願いしまさあ」

相変わらずの伸郎の食欲に、皆の目が丸くなる。

大盛丼を食べ終えると、伸郎は爪楊枝を銜《くわ》えながら腹をさすった。

「あら、伸郎さん、それで足りるの？　もう一杯ぐらいいけるんじゃない？」

お波がからかうように言うと、伸郎は俯きながら答えた。

「いや、もう腹一杯だ。本当に旨いもんってのは、大量に食わなくても、満足出来ちまうもんなんだな」

八兵衛はどんぐり眼を瞬かせた。

「なんだかお前さんには似つかわしくないようなことを言うじゃねえか。どういう風の吹き回しだ。やっぱりどこか具合が悪いんじゃねえか?」

「伸郎の旦那、何か悩み事でもあるのかい?」

「ほんとよねえ。伸郎さんがそんな殊勝《しゅしょう》なことを言うなんて、この時季に雪が降るほどの驚きよ! だって大食いだけが取り柄みたいなもんじゃない」

伸郎にじとっと睨まれ、お波は慌てて手で口を押さえる。お園は伸郎に微笑み掛けた。

「粘《ねば》つく納豆も卵と混ざり合えば、ふわふわの仕上がりになります。粘つく心もほかの心と混ざり合えば、ふわふわになるかもしれませんよ」

「そうだよ、旦那。何か悩みがあるなら、話してみれば。俺たち口が固いしよ」

文太に肩を抱かれ、伸郎は口を開き掛けたが、酒を流し込んで、また黙り込んでしまった。そして立ち上がり、「御馳走さん。改めて、また来るわ」と勘定《かんじょう》を置いて、皆が止める間もなく、さっさと出て行った。

「なんだあいつ。水くせえな」

文太がぶつぶつ言う。いつもとは違う伸郎の態度が、お園も気掛かりであった。

昼の休み刻、お園は食材を包んだ風呂敷を持ち、両国へと向かった。お松に、「お蕎麦のお料理をもっと教えてほしい」と頼まれたからだ。峻二は相変わらずお松がいる小屋まで毎日歩いているようで、見違えるほど脚の具合が良くなってきたという。お松は、峻二にさらに美味しい蕎麦を作ってあげたいようで、そのようなお松の気持ちに、お園は少しでも応えたかった。

お松に蕎麦の料理を教えた帰り、お園は伸郎のことを思い出し、両国広小路をふらりと歩いてみた。駕籠《かご》舁きの伸郎は、いつもこの辺りにいるからだ。しかし伸郎の姿を見つけることは出来ず、お園は小さな溜息をついて、店に戻ることにした。

八兵衛夫妻が住む横山町を通り、千鳥橋《ちどりばし》を渡り、元浜町《もとはまちょう》の辺りで、お園は立ち止まった。伸郎を見掛けたからだ。そそくさと歩いていても、巨漢なので目立つ。

——伸郎さん、どこに行くのかしら——

お園は気取られぬよう、伸郎の後を尾《つ》けてみた。すると伸郎は、通旅籠町《とおりはたごちょう》の居酒屋に、やけにそわそわしながら入っていった。そこは、八兵衛夫婦の近所の長屋に住んでいる、お梅が働いている店であった。

お園は勘を働かせ、大きな目をきらりと光らせた。

――ふうん。なるほど――

二

その翌日、店を開ける前の巳《み》の刻（午前十時）頃、お園は再び両国へ行った。

今度は広小路で、伸郎を見つけることが出来た。カンカン照りの中、上半身裸で道端にしゃがみこみ、「暑《あち》い」と、ばてている。お園が声を掛けると、伸郎はバツの悪そうな顔で立ち上がった。

「すみません、だらしない姿をお見せしちまって」

「気にしないで！　こんなに暑いと、お仕事たいへんよね。ねえ、伸郎さんに元気で頑張ってほしいから、私のお料理で応援させて。今夜、お店が終わる前頃、来てくれる？　どうしても食べてほしいものがあるの」

お園に優しくお願いされて、断る訳など何もない。伸郎は「必ず行きます」と二つ返事で承諾した。

お園は店に戻り、昼餉の刻に腕を振るった。そして昼の休みに入る前頃、〈山源〉の昇平がふらりと訪れた。ほかにお客は八兵衛夫婦だけで、お波が声を上げた。

「あら、昇ちゃん、お久しぶり！」

昇平が〈福寿〉を前回訪れたのは、幸夫と一緒の時だったので、二十日ぶりぐらいだ。

「このところ御無沙汰《ごぶさた》してしまって、すみませんでした」

昇平はそう言って、丁寧に頭を下げた。心なしか、店に上がるのを躊躇っているようにも見える。

――昇平さん、私に気を遣っているのね。私が〈山源〉の人たちに疑われて、噂が流れているから――

お園は昇平の気持ちを察し、やんわりと返した。

「そんな……昇平さんだって、お忙しいでしょうに。それより、大丈夫？　私のところにいらっしゃって。〈山源〉の人たちに知られたら、何か言われない？」

昇平はお園を真っすぐに見つめた。

「……そんなことを気にしていらっしゃるんですか」

「それは気にするわ。だって、私、〈山源〉さんから……ほら」

お園が言葉を濁すと、昇平は再び頭を深く下げた。

「本当に申し訳ありません。でも、俺は女将さんのこと、誓ってまったく疑ってなどいません。女将さんはそんなことをするような方ではないと、信じていますから。店の者たちが御迷惑をお掛けして、なんとお詫びを言ってよいか……」

「そんな、謝らないで。昇平さんは何も悪くないじゃない。お願い、頭を上げて」

お園の優しい言葉がよけいに堪えるのだろう、昇平は俯いたままだ。

「女将が言うように、あんたが謝ることはねえよ。……ほら、上がりなよ」

「そうよ。昇ちゃんは、ここに来ているのを知られても、何ともないんでしょう？　だったら、たまにはいらっしゃいよ。一緒に食べて呑んで、楽しくやりましょ。ね？」

八兵衛夫婦に手招きされ、昇平は「ありがとうございます」と座敷に上がる。お園は昇平にお茶を出し、「ちょっとお待ちください、何か作ってきます」と板場へと入った。

お園は皿と小鉢を持って、戻った。

「これは、わらび餅ですか？」

「はい。小鉢に入っているのは、山葵を溶かしたお醤油です。是非、つけて召し上がってみてください」

昇平は驚いたような顔をした。

「え？　わらび餅を山葵醤油につけて食べるんですか？」

「はい。甘やかでぷるぷるとしたわらび餅、意外にも山葵醤油に合うんです。どうぞ」

昇平はわらび餅を箸で摘まみ、首を傾げつつ、山葵醤油をつけ、頬張った。目を見開き、呑み込んで、昇平は声を上げた。

「う、旨い！　不思議なことに、これは合います！　わらび餅の仄かな甘みが、よけいに引き立つようです。このわらび餅、砂糖を使うてはるでしょう？」

「はい、うちのような店では沢山は使えませんが、少し使っております。仰るように、山葵醤油の辛みが、甘さを引き立ててくれるんですね」

昇平は噛み締め、ゆっくりと味わう。

「初めは辛みが勝るのですが、噛んでいるうちに甘みが勝ってきます。二つの味を同時に味わえる。なんと興味深い」

お園は微笑んだ。

「辛みがあるから、甘みが引き立つ。この世も、厳しいこと、辛いことがあるから、楽しいことがいっそう甘やかに感じられるのでしょうね」

昇平は食べる手を止め、お園を見た。

「私も辛い目に遭うと、お客様たちの温かさや有難さが、いっそう身に染みて感じられるようになります。嫌なことがあっても、自分には励ましてくれる人たちがいる、なんて恵まれているのだろう、感謝しなくては、と思えるのです。板前さんの修業もそうなのではありませんか？　厳しい修業を乗り越えてこそ、一人前の板前さんと認められた時の喜びが大きいのだと思います。辛いことも、甘やかなことも、すべて人生ですよね」

昇平は大きく頷き、黙って、お園の料理をひたすら食べる。

そんな昇平を眺めつつ、八兵衛が言った。

「女将、昇平さんに酒を少しおくれな」

「でも……まだお昼だから」

躊躇うお園に、昇平が答えた。

「大丈夫です、少しなら。このわらび餅、酒にも合うんじゃないかなって、さっきから思うてましたんで」

お園は頷き、徳利を出す。昇平はわらび餅を肴《さかな》に、酒を呑み、呟いた。

「辛いことも甘いことも、すべて呑み干し、酔える人生ならば」

八兵衛が昇平に酒を注ぐ。

「生きてるうちが華なんだよ、お若《わけ》えの。辛いのも甘いのも、生きてるからこそ感じられるもんだ」

お園はふと、清次を思い出した。

――そうね。苦しいことも悲しいことも、すべて私を成長させてくれるのよね。私、挫《くじ》けたりしない。清さんに約束したもの。何があっても、清さんの分まで、しっかり生きていく、って――

お園は再び板場へと入り、大切な包丁を握って、料理をした。

お園は、山葵と醬油と酒で味をつけた、鰻の白焼きも、昇平に出した。

「旨いなあ、女将さんの料理は、本当に〈山源〉よりもずっと旨いと思います」

お園は照れくさそうに笑った。

「お世辞と分かっていても、嬉しいわ。ありがとうございます、昇平さん」

するとお波が、こんなことを言った。

「ごめんね、私はまだ行ったことないけれど、〈山源〉が美味しいってのは確かに噂で聞くわ。でも、中は凄く厳しいっていう話も。……ほら、幸夫さんだっけ？　前に一緒に来た。あの人もいい人なんだろうけど、ちょっと暗い感じだったものね」

昇平は口ごもりつつ、答えた。

「ええ……。あいつも、たいへんなんですわ。まだ下っ端ですから。次板の浩助さんが、殴ったりしはるんです」

「ええ？　殴るの？」

「板前の世界では、よくありますから。うちは特に厳しいですしね。上下関係も。板長の寛治さん、二番手の浩助さんには、誰も逆らえないんですわ」

昇平は一息つき、続けた。

「そして、浩助さんが厳しいのも、寛治さんが上にいる重圧を感じているからなんでしょう。下の者に辛く当たるのも、その捌《は》け口《ぐち》なのかもしれませんわ。俺だって浩助さんに未だに殴られたりしますし、頭ごなしに怒鳴られるなんてことも、よくあります。『お前は味が分かってへん』、って」

「そんなこと言われるの？　昇ちゃんが？　悔しいでしょう？　あたしだって悔

しいもの」

「ええ、正直、悔しいですわ。でも、まあ、仕方ありまへん。板前の世界は」

「そりゃ、思ったよりたいへんそうだな。昇平さん、ここに顔を出すのは結構だが、怒られたりしないよう、くれぐれも気をつけてな」

昇平は苦笑した。

「はい、御忠告ありがとうございます。気づかれませんよう、その点は抜かりなくしますわ。これからも、〈福寿〉さんにお伺いしたいんで」

お波は昇平に酌《しゃく》をし、しみじみ言う。

「昇ちゃんだって三番手なのに、上の人たちがそれでは、あんまりよね。昇ちゃんはこんなに優しいのに」

「そんな……。俺は、なんていうのか、そういう横暴なことが出来ない質なんですわ。〈山源〉が殺伐《さつばつ》としているから、こちらにお伺いしたくなるんでしょうね」

「ほんと、酷い話ね。昇ちゃんみたいな人が上に立つべきだと、あたしは思うわ」

お波が大きな声を上げる。八兵衛も同調した。

「そうだな、そうすれば皆、やりやすくなるだろうに。昇平さん、早く板長目指しな。応援してるぜ」

「あたしも、もちろん応援するわ！　そんな横暴な人たち、昇ちゃんなら早く追い抜けるわよ、きっと。下の人たちだって、昇ちゃんのほうがいいって、同じように思ってるわ。出し抜いちゃえ！」

お波に背中を叩かれ、昇平は軽く噎せる。お園も昇平に、優しい眼差しを送った。

「そうね。昇平さんみたいな人が皆を纏めるようになれば、もっと和やかなお店になって、いっそう繁盛なさるのではないかしら。頑張ってくださいね」

皆に褒められ、昇平は照れくさそうに眉毛を搔く。

「いえいえ、お言葉は有難いですが、俺なんかまだまだですわ。上の人たちを追い抜くなんて、恐れ多くて……」

「もう、そういうところが可愛いのよ！」

お波に再び背中を叩かれ、昇平はいっそう照れて、俯いた。

その夜、伸郎が約束通り〈福寿〉を訪れた。さっきまで吉之進がいたが帰ってしまったので、ほかにお客はいない。

「お待ちしておりました。たっぷり召し上がってくださいね」

お園は伸郎に、先ず〝梅干し入りのう巻き〟を出した。

鰻を卵焼きで巻いた〝う巻き〟に、梅干しもほぐして混ぜたのだ。

「鰻と梅って、食べ合わせが悪いと言われますが、そんなことはなくて、お腹を壊したりしませんので、安心して召し上がってください」

そう言って、お園は微笑んだ。

「鰻と梅……」

伸郎は呟きつつ、恐る恐る、梅干し入りのう巻きを口に運んだ。

「うむ」

伸郎は思わず唸る。

——鰻と卵の濃厚な組み合わせに、梅干しがさっぱりと爽やかな味わいを添えてくれるんだ——

それは予想外に美味しく、伸郎はあっという間に平らげてしまった。

「美味しかったでしょう? 梅って、華やか且《か》つ奥深い味わいだから、どんなお料理にも合わせやすいんです。合わないと言われる鰻にだって、こんなに合うのですもの。お料理って、そうですよ。失敗を恐れずに、何でも挑戦してみないと」

微笑むお園に、仲郎の心が揺らぐ。

――梅がお梅なら、鰻は自分――とでも思ったのだろうか。酒も廻って、仲郎はお園に、ついに打ち明けた。

「お梅を好いてしまった」、と。

初めは一目惚れで、お梅が働く居酒屋に通ううち、愛嬌《あいきょう》の良さとさばさばした性格に惹かれていったそうだ。

恋煩《こいわずら》いの仲郎は、溜息をついた。

「でも……俺、自信がなくて。いつも振られてばかりだったから」

その、しょぼんとした顔を見て、お園は思った。

――大食い大会八年連続優勝の仲郎さんでも、苦手なことがあるのね――

豪快な中にも繊細《せんさい》さを秘めた仲郎を、お園は応援したかった。

お園はそんな仲郎に、旬の桃を用いて、さらに料理を出した。

・桃の天麩羅

・桃と茗荷の和《あ》え物

・猪肉を薄く切って焼いたものに、薄く切った桃を載せたもの意外な組み合わせに、伸郎の目が点になる。お園は微笑んだ。

「いずれも、〝失敗を恐れぬお料理〟。『さすがにこれはないでしょう』と思いつつ試してみて、なかなかの味だったものです。是非、お召し上がりください」

伸郎はまたも恐る恐る頬張り、再び唸った。桃の天麩羅、信じられぬことに、意外にも美味だったのだ。柔らかく、みずみずしく、蕩けるようで、塩を軽く振るといっそういける。

「ううむ。作ってみなければ分からねえ、食ってみなければ分からねえ、ってことか」

桃と茗荷の和え物は、さっぱりと、御飯にも合いそうな味だ。

猪肉と桃の味の調べには、伸郎は目を見張った。

——獣肉と水菓子って、こんなに合うものなのか？　不思議なこともあるもんだ。まったく似てないものでも、相性がいいものもある。……じゃあ、猪のような俺でも、桃のように愛らしいお梅さんと合うってことも、無きにしも非《あら》ずか？

——

伸郎はぺろりと平らげ、お園に礼を述べ、力強く言った。

「女将さんの料理が背を押してくれました。お梅さんに、俺の思いを打ち明けてみます」

お園は大きく頷き、「頑張ってね」と励ました。

三

伸郎は果敢にもお梅に、「俺と一緒になってください」とぶつかった。

しかし……その結果、伸郎はまたもふられてしまった。

「私、今、誰とも一緒になろうという気がないの」と、お梅にけんもほろろに断られたのだ。

伸郎は〈福寿〉にやってきて、その結果をお園に報告し、自棄酒を喰らった。

「どうせ俺みてえな猪男、お梅さんみたいな人には相手にされねえって訳だ」

自虐《じぎゃく》的なことを口走る伸郎が痛々しく、お園は申し訳ない気持ちで一杯になった。背を押してしまったことが、悔やまれてくる。

「伸郎さん、あまり荒れないで。お梅さんにも何か訳があるのかもしれないわ」

お園が励ますも、伸郎はやはり辛かったのだろう、荒れに荒れ、深酒の果てに小上がりで眠り込んでしまった。

ほかにお客もいないので、お園は伸郎を暫く眠らせてあげようと思い、皿などを静かに片づけた。

ふと、お園の胸に、先日のお梅の姿が蘇った。紫陽花の時季の頃、捨て子騒ぎの時だ。

〝お桃〟改め〝加津〟を無事返した後、皆で〈和泉屋〉の一味違うおかきを味わい、「やはりどこか違う」と話していたのだが、お梅がこんなことを口にしたのだ。

「おかきなんて、どんなのだって一緒じゃない！　男だってそうよお。いいこと言ってたって、一皮剝けば皆おんなじ。おかきも男も、しょせんおんなじ。あーあ、笑っちゃう」、と。

お梅は甲高《かんだか》い声で笑ってはいたが、どこか自棄になっているようで、ちっとも楽しそうではなかった。

そしてお園はその時ふと、――お梅さん、また男の人と何かあったのかしら――と思ったのだった。

お梅はその前にも、お園が作った天麩羅を食べて、『男と女の仲もサクサク、カラッといかないもんかしらね』などと言っていたこともあった。

――お梅さん、やはり何かあったのかもしれないわ。あれからお梅さん、うちにも何度か来たけれど、いつもなんとなく元気がなかったっけ――

お園はお梅が気掛かりになり、話を聞いてみることにした。

お園は八兵衛に頼んで、お梅を店に呼んだ。お梅はお園の言いつけどおり、一人で〈福寿〉にやってきた。

「ああ、暑いわあ。いつになったらこの暑さが収まるんだろう」

お梅は大きく襟を抜き、相変わらず婀娜っぽい。お園は思った。

――お梅さんって、お松さんにどことなく似ているわ。お松さんの妹、って感じね。二人とも気まぐれな猫みたいな雰囲気で――

お園はお梅に麦茶とともに、おかきを何種類か出し、味わってもらった。おかきは、醬油、海苔、ザラメ、揚げ、など四種類だ。

「美味しいわあ。これ、女将さんが作ったの？」

「そうですよ」

「おかきまで作っちゃうんだもん、さすがだわあ。それもこんなに美味しく。……あっ、ザラメも美味しい。好きなのよね、この甘じょっぱさが。海苔もいいけどね」

お梅は嬉々として、おかきを齧る。ぱりっ、さくっ、と良い音が、〈福寿〉に響いた。

お園は麦茶のお代わりを注ぎつつ、言った。

「この前、『おかきなんてどれも同じ。男もおかきと一緒』なんて仰っていたけれど、こうして食べてみると、歯応えも味もそれぞれ違いますでしょ？　後味だって、それぞれですよね。男の人だって、そうですよ。まあ、おかきと男の人を一緒にするのは、どうかとも思いますけれど」

お園に優しく微笑まれ、お梅は複雑そうな顔になった。お梅は黙っておかきを齧っていたが、「気心知れた女将さんだから」と、切り出した。

「前に惚れ合っていた男たちにはさあ、どれも幻滅させられたのよ。あの飴売りの音弥《おとや》に酷い目に遭わされた後に、あたし、熊に似た男と一緒になるつもりだったじゃない。猿とか羊もいたけれど。あいつらだって、初めは良かったのに、結局あたしが惚れたとなると、態度が大きくなってさ。最終的には、やはり酷い男になっちまったんだ。それ以降に通り過ぎた男も皆、似たり寄ったりだったの」

お梅はおかきを指で摘まんでじっと見ながら、嘆いた。

「あたしって本当に男運がないのよねえ」

そんなお梅に、お園は忠告した。

「伸郎さんはそんな人じゃないわ。それに今回は違うの、惚れられてみればいいのよ」

お梅は知っていたのか、と唇を尖らせ、お園を見つめる。お園は再び板場に入り、また別の料理を持ってきた。

それは、蜂蜜梅だった。甘い蜂蜜で漬けた梅。お梅は指で摘まみ、それを味わった。

――前から思ってたのよね。梅って、御飯を引き立たせても、主役になれない食べ物だって。でも、こうして食べてみると、これだけで充分な、奥深い味わいだわ。梅でも主役になれるってことか。蜂蜜が梅を引き立たせて、蕩けるような甘じょっぱい美味しさが生まれてる。あたしも誰かに引き立たせてもらえば、上手くやれるのかな――

もぐもぐ口を動かすお梅に、お園は言った。

「いわば、〝自分からいくのもいいけれど、受けてみる〟料理です。蜂蜜に引き立ててもらった梅は、なんとも美味しいでしょう？　お梅さんは、男の人の一枚上手をいき、男の人に引き立ててもらって、尽くしてもらって、男の人をお尻に敷くぐらいで丁度よろしいんですよ。自分が尽くしては駄目です！　お梅さんは元々魅力があるんですもの、多少振り回したほうが、男の人も飽きずに追い掛けてくるのではないかしら」

お梅はどうやら自分が惚れてしまうと、相手に意欲を失わせる質の女だと、お園は踏んだのだった。

お園の温かな微笑みを見るうちに、お梅にも笑顔が戻ってくる。お園が出してくれた蜂蜜梅のまろやかな味が、お梅の心をほぐしてくれた。

仄かな行灯が灯る店の中、お梅は思い始めていた。

——女将さんが言ってくれたように、今度は一枚上手をいきながら、伸郎さんと付き合ってみようかな——、と。

お梅は明るい顔になり、帰る時、お園にこんなことを話した。

「そういえば、この前女将さんが出してくれた、〈和泉屋〉のおかき。あれも〈山源〉の真似だって噂よね。〈山源〉では、料理の締めで、おかきを出してくれることがあるんですって。そのおかきに似てるそうよ、〈和泉屋〉のは。おかきって言葉が、上方の言葉っていうしね。江戸はやっぱり煎餅が主流だもの」

四

　お園の料理が功を奏したのだろう、仲郎とお梅は意外にも上手くいき、「夫婦になることを前提」として過ごすようになった。

　仲郎の不器用だけれど一途《いちず》なところに、お梅は強く惹かれたのだった。また、お園にもらった、「今度は自分が追い掛けるより、相手に夢中にさせて、自分を引き立ててもらいなさい」という忠告を守ったこともよかったようだ。


「女将さんのおかげです。本当にありがとうございました」

　葉月《はづき》も半ば、照れくさそうな笑顔で、仲郎はお梅と一緒に、お園のもとへ挨拶にきた。

　――このまま上手くいけば、かかあ天下になって、仲郎さんがお梅さんのお尻の下に敷かれるのが目に見えているわ――

　そんな二人が、お園は微笑ましい。その場にいた八兵衛が、口を出した。

「どうだい、女将。二人に〝祝いの膳〟を作ってやったら。女将の料理が縁で、こんな不器用な二人が上手くいったんだ。どうか今度はおじゃんにならずにちゃんと夫婦になれるよう、そんな意味がこもった料理で祝ってやれば」

「ああ、それはいいわね！　あたしも賛成。女将さんに祝ってもらったら、この二人、もう別れる訳にはいかないもの」

お園は微笑んだ。

「私でよろしければ、作らせていただきます。私も嬉しいの、お二人に良い御縁があって」

伸郎とお梅は満面の笑みだ。

「はい、是非、お願いします！　女将さんに作ってもらったら、お波さんが言うように、添い遂げない訳にはいきません。覚悟します！」

〈福寿〉に和やかな笑いが起きた。格子窓から差し込む陽射しは、幾分穏やかになってきている。

皆が帰った後、お園は板場の中で、包丁を見つめながら、清次に語り掛けた。

――出立《でた》ちの膳もあれば、祝いの膳もあるわね。清さんへの出立ちの膳を作ったこの包丁で、伸郎さんとお梅さんに、祝いの膳を作ることになったわ。……あの二人には今度こそ幸せになってほしいの。色々あったのも、幸せに辿り着く為の道標《みちしるべ》だったって。二人に、そう思ってほしい――

不意に、髪を撫《な》でられたような気がして、お園は振り向いた。もちろん、誰もいない。

風か、何かだったのだろうか。どこか優しいものを感じ、お園は微笑んだ。


約束の日、お園は伸郎とお梅に、「このまま順調にいってほしい」と祈りを込めて、祝いの料理を作った。

バイ貝を使って、煮つけや酒蒸し、炊き込み御飯を。

バイ貝は、「幸せが倍になる」と、縁起の良い食べ物だ。お園はほかにも、嫁菜《よめな》や梅を使った料理を作った。

嫁菜のお浸《ひた》し。嫁菜と里芋と梅干の煮物。切り干し大根と竹輪《ちくわ》を、潰した梅干しで和えたもの。

煮物の里芋を箸で摘まみ、お波が微笑んだ。

「これは伸郎さん？　二人が寄り添って、嫁菜で包まれてるみたいね」

お梅の頬が、ほんのり染まる。いかつい伸郎の隣で、お梅はいっそう華奢で愛らしく見える。その姿は、猪に守られる、栗鼠《りす》のようでもあった。

二人の付き合いを祝う為に、八兵衛夫婦、文太、竹仙、お民、吉之進も集まった。お園の心づくしの料理を皆で食べながら、〈福寿〉は穏やかな笑いに包まれる。

「羨ましいなあ、伸郎の旦那！　俺も頑張って、いい人を見つけなくちゃな」

「あたしも負けてはいられませんよ。女将、またやりましょうよ、あの男女の集い！」

文太も竹仙も、伸郎を羨ましがりながらも、素直に祝福している。お園は思った。

――私、幸せね。こんな仲間たちがいてくれるんだもの。頑張らなくちゃね、私も――

お園は大福にも、甘く煮た梅の実を入れ、皆に出した。

「うわあ、蕩けるよう。美味しい！」

大福は大好評で、酒呑みの文太と竹仙も、「堪らんねえ」と相好を崩した。

「お梅さん、大きな福を摑んだね」と皆に言われ、お梅は照れ笑いで涙ぐむ。

仲間の優しさが心に沁《し》みたのだろう、伸郎が言った。

「俺たちの幸せを、皆にも分けたいな」

皆が、伸郎を見つめる。伸郎は大食い大会の時には気が回らなかったが、今では考えることが出来た。

「これを機に、〈福寿〉の前で炊《た》き出しをするのはどうか、と思うんだ」

皆、真剣な面持ちで、伸郎の提案を聞く。

「俺たち、少し貯めた金子があるんです。女将さん、それを使って、炊き出しをしてくれませんか」

伸郎の隣で、お梅も「是非！」と声を弾《はず》ませる。八兵衛夫婦も乗り気になったようだ。

「おう、それは良い案だ！　俺たちも持ち寄るから、それで炊き出ししようじゃねえか」

「あたしも手伝うわ。やりましょうよ、女将さん」

お民も嬉々として言った。

「私もお手伝いさせてもらうよ。もちろん、金子のほうも協力させてもらいます。お園ちゃんには、いつもお世話になってるからね。そうだ、長屋の皆に声を掛ければ、もっと集まるよ！」

「俺も協力させてもらうぜ。女将には、本当に、よくしてもらってるもんなあ」

「あたしだって、力になりますよ。こう見えても、少しは貯めてますからね」

「俺も協力しよう。暑さが緩んできたから、腹を空かせている者も多いだろう。女将、そういった者たちに、旨い料理を作ってあげてくれ」

皆に見つめられ、お園の胸が熱くなる。皆の優しさが、こんなに素敵な仲間たちがいることが、お園は震えるほどに嬉しかった。

「皆様のお気持ち、分かりました。炊き出し、やりましょう。仲郎さんとお梅さんの温かなお心を伝えることが出来ますよう、精一杯、作らせていただきますので」

拍手が起きる。皆に手伝ってもらい、三日後に炊き出しをすることが決まった。

次の日、仲郎の恋敵だった治夫《はるお》が、「大食い大会の時はお世話になりました」と、〈福寿〉を訪れた。

どうやら仲郎から話を聞いたようで、治夫も炊き出しに協力をしてくれるという。お園が「そんな」と恐縮すると、治夫は言った。

「あの時に女将さんがお作りになった五平餅《ごへいもち》が美味しくて。ずっと、もう一度食べたいと思っていたんです。でも、伸郎さんとのことがあったので、何だかお店に伺いづらくて……。伸郎さんはこちらによく食べに行ってるって、聞いてましたから。だけど、伸郎さんにいい御縁があって、私との蟠りもすっかり消えてしまったんです。伸郎さんに誘われて、一緒に呑みに行って、話を聞かされましてね。伸郎さん、腹を割って話してくださいましたよ。これから、良い友人になれそうです。それも、女将さんのおかげです。だから、是非、助《す》けさせてください。といっても、僅かなお力にしかなれませんけれど」

苦笑いする治夫に、お園は肩を竦めた。

「とんでもない！　そのお気持ちだけで、充分です。治夫さん、どうぞ御無理なさらないで」

「いえ、女房も『そんなおめでたいことなら、力添えさせてもらって』と、言ってるんですよ。伸郎さんのおかげで薬が買えたので、女房、あれからずいぶん良くなったんです。すっかり丈夫という訳ではありませんが、起き上がって掃除も料理も、普通の暮らしが出来るようになりました。だからこそ、どうしてもお力になりたいんです。よろしくお願いします」

治夫に頭を下げられ、お園も慌てて、「こちらこそよろしくお願いいたします」と礼を返す。炊き出しへの力添えを許され、治夫は満足げに帰っていった。「今度、女房と一緒に食べに来ます。もちろん伸郎さんとも」と、言い残して。

するとと噂を聞きつけたのか、今昔亭朝寝とお初も、「少しですが、是非、力添えさせてください」と言ってきた。

「そんな……悪いわ」と躊躇うお園に、朝寝は言った。

「俺が高座に上がれるようになったのも、女将さんが作ってくださった料理のおかげです。高座を見てもらうことは叶わなかったけれど、親父に孝行することが出来ました。だから、その御恩を、少しで申し訳ありませんが、返させてくださ い」

朝寝とお初にも頭を下げられ、お園は戸惑《とまど》いながらも心が温まる。

——なんて有難いことなのでしょう。今度は皆が私の力になってくれるなんて——

お園の親切が、返ってきたようだった。

店を終えて、お園は包丁を丁寧に研《と》いだ。

――出会った頃、清さんは、私にこんなことを言った。『貴女は、素直で人が好いところが取り柄だ』って。ふふ。あの時、私、実は嬉しくなかった。だって、褒められた感じがしなかったのだもの。あの頃は若かったし、『可愛い』とか『綺麗』って言ってほしかったから。だからあの時、ちょっと膨れっ面になったのよね、私。そうしたら清さん、『莫迦だな。その取り柄が、貴女の宝物なんだよ』って言ってくれたのよね――

清次の眼差しが、蘇る。

それが、吉之進のものに変わっていく。

吉之進も、同じようなことを言ってくれたことがあった……。

研いだ包丁は、美しい光を発している。お園は手を合わせ、礼をした。

約束の日、お園は、お波、お民、お初、お松に作るのを力添えしてもらい、〈福寿〉の前で炊き出しをして、道行く人たちに振る舞った。

お初から話を聞いたようで、お松も「是非」と、悠太と一緒に力添えしてくれることになったのだ。

すると、踊りの師匠のお篠も、娘のお咲《さき》を連れてやってきた。お咲はおとなしく愛らしい、十になる娘だ。

「まあ、お篠さんまで」

お園が頭を下げると、お篠は微笑んだ。

「この子が、渡したいものがあってきかなくて」

お咲はおずおずとお梅に近づき、「よろしければ使ってください」と、包みを渡した。

お梅は包みを開け、声を上げた。

「わあ、可愛い前掛け！　刺繍《ししゆう》までしてあるわ……梅の花の。綺麗」

白地に、紅色の梅の花が、一面に刺繍されている。

喜んでもらえて、お咲もお篠もほっとしたようだ。

「この子、縫い物が好きで。私が手伝ってあげて、作ったんですよ」

お咲はお梅を見上げ、澄んだ目をぱちぱちと瞬かせる。

「作ってくれたの……あたしの為に？」

お梅はお咲を抱き締め、「ありがとう。大切にするね」と、涙ぐんだ。伸郎も
「ありがとう」とお咲に礼を言い、早速お梅に前掛けを結んであげた。

「あら、お梅さん、若妻みたい」

「似合ってるわよ」

皆に言われ、お梅は照れる。お咲が丁寧に刺した梅の花が、お梅をいっそう美しく映す。仲郎もお梅を、眩しそうに見ていた。

お園たちは、バイ貝を用いた炊き込み御飯でおむすびを握った。

「私たちの幸せを倍にして、皆に届けたい」という、仲郎とお梅の気持ちの表れだ。

またおむすびも、結びの神、として温かな意味が込められた食べ物である。

決して派手ではない料理だが、味の染み込んだバイ貝のおむすびに、町の人たちは大喜びだ。多くの人が押し掛け、あたかも祭りのように賑わった。

楊枝屋のお芳も顔を見せ、「凄いわねえ」と、通り一面の人波に驚いている。

「このおむすび、美味しい！」

「味が染みてるねえ」

晴れ渡る空の下、皆の笑顔が輝いている。お園は声を上げた。

「本日の炊き出しを御提案くださった、このお二人から御挨拶です！」

仲郎とお梅が前に出て、頭を下げる。集まった皆から拍手が起きた。二人は照れくさそうに微笑み、声を揃えた。

「〈福寿〉の女将さんのおかげで、私たちは一緒になることを決めました。この幸せな気持ちを、女将さんのお料理を通して皆様にも分けて差し上げたく思い、このような運びとなりました。私たち、ゆくゆくは夫婦になります！」

突然の宣言に、「おおっ！」と歓声が上がる。宣言してしまえば、守らない訳にはいかない。伸郎とお梅は微笑み合った。

人ごみの中、真っ先に拍手をしたのは、治夫だった。続いて治夫の女房のお夕《ゆう》、それにつられ、拍手が広がり、割れんばかりとなる。

お夕はかつて伸郎が惚れていて、振られる結果にはなってしまったが、それも今では懐《なつ》かしい思い出であろう。

伸郎がそっと目を拭ったのを、お園は見逃さなかった。

凄い人が集まったので、お園たちはくたびれ果てたが、文太が『〈福寿〉の料理は心を繋ぐ』と瓦版にも書いてくれたおかげで、この炊き出しは大評判となり、〈福寿〉は再び活気づくこととなった。

五

〈福寿〉の噂が耳に入り、〈山源〉の浩助は機嫌が悪かった。

「なんや、あの女。炊き出しなんかして、町の皆に媚《こび》売って。ふん、そこまでせえへんと、お客が呼べへんってことか。けったいなことして、必死やな。まあ、女の料理人なんて、しょせん、そんなもんや」

店が始まる前、浩助は悪態をつき、鼻白む。寛治も上手くいかない仕事があり、苛立ちを見せていた。

板長と次板がそのようなので、店の中は殺伐としており、口が過ぎる浩助に対し、見兼《みか》ねたように昇平がついに言った。

「でも……それほど評判が良かったってことは、〈福寿〉さんがしたことは決して間違いではないのではありませんか」

「何？」

浩助が昇平を睨《ね》める。眼差しがぶつかり合うも、昇平は臆《おく》さない。浩助は鼻で笑った。

「何を言うてんのや。ま、そりゃそやなあ。間違いではない、苦肉の策や。素人に毛が生えた程度の料理で話題になるなら、ただで振る舞うぐらいしか為す術《すべ》はないやろなあ。女の料理人ってのは、まったく生温《なまぬる》いわ」

「〈福寿〉さんの料理が話題になったのは、ただだからという問題ではないと思うのですが」

「ほう、では何で話題になったというんや」

昇平は一息ついて、答えた。

「それは、心ではないかと。女将さんの心が、料理にこもっていたからではありまへんやろか」

浩助は昇平を睨みつけ、そしてくっくっと笑い、真顔に戻ってどやしつけた。

「心やと？　寝ぼけたこと吐《ぬ》かすな！　そのようなお涙ちょうだい、板長が大嫌いだと、お前も知ってるやろ？　心がなんで料理に関係するんや？　腕、技術、料理の良し悪しはそれに尽きるわ。それに、あの女、そんなに質がええ訳ないやろ。うちの料理の作り方を横流ししてるかもしれへんしな」

「そんな……」

「ねえ、板長？　とにかく、俺の前で、あんな店の肩を持つようなこと、金輪際《こんりんざい》吐かすな！　分かったか、ボケ！」

浩助にどやされ、昇平は拳を握って、「はい」と小声で答えた。浩助は裏へと消え、寛治が仕込みをしながら昇平には目を向けず、言った。

「余計なことを言わずに、腕を磨け。調子に乗っていると、首が飛ぶぞ」

「はい……」

昇平はいっそう固く拳を握り、唇を噛んだ。


お客は集まるようになったものの、その一方、お園への疑いも晴れず、嫌な噂は相変わらず耳に入ってきた。

だが、噂を半ば信じていた者たちも、実際にお園に会い、接すると、がらりと印象が変わってしまうようで、「女将さんがそのようなことをする訳がない」と言い始める。

自分を信じてくれる者たちと、信じてくれない者たちの間で、お園は溜息をつく。しかし、「疚《やま》しいことがないのなら、堂々としていればいい」という八兵衛の言葉が、お園を強くさせていた。

お園が気になるのは、「では実際に横流ししているのは誰なのか」ということであった。お園は時間が空くと、「料理を盗んでいる疑いのある店」へと赴き、その料理の味をみるようになった。

共通するのは、やはり「純粋な京料理とは言い難く、独特な味付けをしているようだ」ということ、そして「客足が翳《かげ》りを見せていたのに、その料理で回復してきた」ということであった。

その日も、深川の〈あさ乃《の》〉という店で、柿なますを食べて、お園は首を傾げながら店に戻った。柿と大根と人参を千切りにして、酢漬けにしたものだ。

——京でも作られてはいるだろうけれど、柿なますが名物の地域って、ほかにあったような……。聞いたことがあるような気がするけれど、どこだったかしら。思い出せない——

すると和国橋《わこくばし》の近くで、寛治にばったりと出くわした。お園は一礼し、さっさと通り過ぎようとしたが、呼び止められた。

「たいへんやな、炊き出しやったり。女の料理人が考えそうなことや」

お園と寛治の眼差しがぶつかる。お園はなぜか、ふと、怒りよりも寂しさを感じた。

　――この人は、どうして女を斜めにしか見ることが出来ないのだろう――

　しかしお園は口に出さず、こう答えた。

「周りの皆さんの提案とお力添えがあって、あのようなことが出来たのです。私は皆さんに、感謝するのみです」

　寛治はふんと鼻で笑い、「まあ気張りや」と言い捨てると、お園の横を通り過ぎた。

　去っていく寛治の背をちらと見て、お園は溜息をついた。

　――寛治さんだって、料理に掛ける意気込みは人一倍でしょうに。矜持があり過ぎて、人を見下してしまうのかしら――

　暑い日々もそろそろ終わりだ。金魚売りが通り掛かったので、お園は金魚を二匹買った。黒ぶちと白ぶちを、一匹ずつ。

　鉢に入れて部屋に飾ると、お園は心が落ち着いた。水の中、無邪気にひらひらと泳ぐ金魚は、とても可愛い。お園は黒ぶちに〝あんこ〟、白ぶちに〝かのこ〟と名付けた。

寛治は〈山源〉に戻ると、板場へ入って、頭を抱え込んだ。

「どうでしたか」

浩助に訊ねられ、寛治は「あかんかった」と首を振る。浩助は「失礼しました」と、すぐに下がった。

寛治は腕を組み、深い溜息をついた。苛立っている訳は、こうだ。

京出身の得意客に、二箇月ほど前から、「〈源氏物語〉を表すような料理を作ってくれ」と頼まれているのだが、相手が納得するようなものが未だに出来ないのだ。

その客は、大店の呉服屋の内儀で、〈源氏物語〉に相応《ふさわ》しい豪華絢爛《けんらん》な会席を作ったのだが、「イマイチ」と言われてしまった。

それで、今日、その内儀の家まで再び作りに出向いたのだが、またも「私の思う〈源氏物語〉とは違う」と言われ、二度も駄目とされ、自負心を傷つけられたのだ。

——一度目よりさらに豪華な料理を作ったのに、何がいけないというんや。花《は》籠《かご》を表すような、複雑な細工料理を中心に、絵巻物の世界を作り上げたというのに——

おまけに客の内儀は駄目という理由をはっきり言わず、ただ「私の思う〈源氏物語〉とは違う」と言うのみなので、寛治はいっそう困ってしまっているのだった。

四品目　おろしやの味

一

長月《ながつき》に入り、だいぶ涼しくなってきた。お園は単衣の着物から袷に衣替えをし、息をついた。

――ついこの前、単衣に替えたと思ったら、また袷の季節がきたのね――

紺《こん》桔梗《ききよう》の落ち着いた彩りが、お園の白い肌をいっそう透き通っているように見せる。もうすぐ、重陽《ちようよう》の節句だ。お園は部屋に菊の花を飾り、そっと手を合わせた。

――そういえば、あれから一年になるのね。里江《さとえ》ちゃん、お兄さんと仲良く元気で過ごしているかしら――

里江とは、昨年、梅雨《つゆ》に入る前頃に知り合った。愛らしい娘であったが色々悩みを抱えており、お園は里江を励ましながら、自らも里江に癒され、立ち直っていった。

思えば、里江との出会いがきっかけとなり、お園は料理人としての決意を新たにしたのだった。

瞼《まぶた》を閉じると、里江とその兄の笑顔が見えたような気がして、お園も顔をほころばせた。


このところ〈福寿〉は再び活気づき、以前と同じほどの売り上げが戻ってきて、お園はその面では一安心したものの、〈山源〉のことが気になっていた。寛治が、どうも女の料理人を目の敵にしているということも、だ。

——寛治さんのあの態度は、私に対してというよりも、女の料理人に対しての嫌悪から生まれているようにも思えるわ。過去に、何かあったのかしら——

お園は、そう察するようになっていた。そこで、〈山源〉と寛治についてよく知りたい為、京出身の人を捜すことにした。

店が閉まる頃、常連たちだけになると、お園はさりげなくその旨を話し、訊ねてみた。

「誰か、京出身の人、ご存じないかしら」

するとと文太に心当たりがあるという。

「聞き取りで知り合った芸者さんの友人というのが、京で芸妓《げいこ》をしていたんだって。その人なら、もしかしたら何か知っているかも。〈山源〉は、京でも知られた店らしいからな」

　お園は身を乗り出した。

「さすが文ちゃん、いい伝手をありがとう！　ねえ、お願い。芸者さんを通じて、その京で芸妓をなさってらした方、紹介していただけないかしら？」

　文太は酒が廻って赤くなった鼻の頭を掻きながら、答えた。

「うん、いいけどさ。その芸者さん、何か困ったことがあるらしいから、先にその相談に乗ってあげたら」

「そりゃそうだよな。女将、ただで手がかりを手に入れようってのは、甘いんじゃねえか」

　酒を舐め、八兵衛がにやりと笑う。

「女将さんの出番よ。芸者さんを助けてあげて。女将さんの得意とするところじゃない」

　お波に艶めかしく見つめられ、お園は目を瞬かせる。竹仙も坊主頭を光らせ、口を挟んだ。

「女将さんの御活躍、あたしも期待してますよ。今度はどんな悩み事なんでしょうねえ」

皆に見つめられ、お園は「かしこまりました。私でよろしければ」と答えた。

「そうこなくっちゃ！」

八兵衛に酒を注がれ、お園は「いただきます」と、ぐっと呑み干す。

文太の話はこうだった。

「知り合った芸者さんは紅奴《べにやっこ》さんっていって、深川の置屋《おきや》にいるんだ。で、紅奴さんの得意客が食欲が無くなっちゃってて、顔色も冴《さ》えなくて、心配なんだって。そのお客さんは、根は善い人みたいだけど、気難しいらしいよ。まあ、お得意さんだから、なんとかしてあげたいんだろうな」

「そのお得意さんって、おいくつぐらいなのかしら」

「もう七十を過ぎているみたいだよ」

お園は思った。

——それなら結構なお歳だけれど、芸者さん遊びをするぐらいなら、元気といえば元気なのではないかしら——

「ねえ文ちゃん、一度、その人たちを〈福寿〉に連れてきてくれない？」

文太は「了解」と頷いた。

重陽の節句の日（九月九日）、文太に連れられ、紅奴と件の得意客が、〈福寿〉を訪れた。

「いらっしゃいませ。お待ちしておりました」

お園が嫋やかに挨拶すると、紅奴が深々と頭を下げた。

「文太さんに、とても美味しいお店と伺い、楽しみにして参りました。よろしくお願いいたします」

座敷の帰りなのだろう、丁寧な化粧を施し、黒い紋付きの小袖を纏い、つぶし島田の髷に櫛を一枚、簪を一本、笄《こうがい》を一本飾っている紅奴は、なんとも艶やかだ。女らしい丸みのある躰ということは、着物の上からでも分かる。辰巳《たつみ》芸者は気風《きっぷ》が良くてさばさばしていると言われるが、紅奴はしっとりと落ち着いた風情《ふぜい》だった。

紅奴の美しさに、文太はもちろん、居合わせた八兵衛も鼻の下が伸びる。紅奴に目を奪われている八兵衛の尻を、お波が軽く抓った。

紅奴は感じが良いものの、その得意客である老人は挨拶を返すこともなく、腕を組み、店の中をじろじろと眺め回している。

威圧感を漂わせる老人に対し、お園は思った。

——食欲が無いというお話だったけれど、頑丈そうな体軀でいらっしゃるわ。……確かに、気難しそうではあるけれど——

お園に促されるまま、老人は小上がりにどっかと座り、「ふん」と鼻を鳴らしながら、店を見回し続ける。

——『大した店じゃないところに連れてきやがって』って、思ってらっしゃるのでしょうね——

お園は苦笑いで板場へと下がり、菊酒を持って戻り、老人と紅奴に出した。菊の花が浮かぶ盃を眺め、紅奴が微笑んだ。

「まあ、素敵。そういえば、今日は重陽ですものね」

「はい。無病息災をお祈りして、お料理を作らせていただきます」

お園は丁寧に礼をする。老人は黙ったまま紅奴と盃を合わせ、菊酒を啜った。老人があまりに不愛想なので、文太も八兵衛夫婦も、いつもの調子が出ないようだ。そのぶん紅奴が気を遣うのだが、老人はむすっとしたまま壁に貼られた品書きを睨んでいる。そして、お園が板場へ戻ろうとした時、初めて低い声を出した。

「こんな小さな店の料理が本当に旨いのだろうか。〈山源〉にも連れていかれたが、話題の店というわりに旨くなかったわ」

ぶつぶつ文句を言う老人に、皆の目が集まる。老人は酒を啜って、またも鼻を鳴らした。文太がさすがに取り繕《つくろ》う。

「まあ、そういわずに召し上がってみてください。女将の心のこもった料理は、〈山源〉とはまた違った味わいですから」

しかし老人は、苦々しい顔で言い返した。

「心がこもっていようが、いなかろうが、それが味の良し悪しにどう関わるのだ？ 食材を使って巧みに味を作り出すことが出来れば、それがすなわち旨い料理となるのではないか？ 心がどうとか、まったく、莫迦げておるわ」

文太の顔色が変わる。眉間に皺を寄せた文太の背をさすりつつ、八兵衛が「まあまあ」と酒を注いだ。お波も何か言いたそうだったが、老人が手強いと思ったのだろう、おとなしく菊酒を味わっている。紅奴は「すみません」といったように、そっと皆に頭を下げた。

老人が寛治と同じ考えということにお園は動揺を感じながらも、先ず、茄子の煮浸しを出した。

「九日に茄子をお召し上がりになると、中風に罹《かか》らないそうですよ」

それゆえ茄子は、重陽の節句には欠かせぬ食べ物なのだ。お園は老人の躰と齢を考え、薄味でさっぱりと仕上げた。

「まあ、とても上品なお味。お汁がたっぷりで、お茄子を一口食べるごとに、旨みがじゅわっと口の中に広がります。生姜がなんとも利いていて、本当に美味しいわ」

紅奴はふくふくとした笑顔で、茄子を頬張る。老人は「ふん」と言いつつ半分ほど食べて、箸を置いてしまった。〈福寿〉では料理を残すお客は殆どいないので、皆、目を見開く。最も動揺したのは、ほかならぬお園であった。

——舌に合わなかったのかしら。敢えて薄味で作ったのに——

老人は酒を一口啜り、腕を組んで、低い声を出した。

「さっぱりしているといえば、そうかもしれんが、ありきたりだな」

店が、しんとなる。文太だけでなく、八兵衛夫婦の顔つきも険しくなってきた。紅奴が慌てて取り繕った。

「申し訳ありません、こちら、辛口でいらっしゃるのです。でも、このところ食欲も失ってらっしゃいますので、これでもお召し上がりになったほうなんです。〈山源〉さんなどでは、どれも一口ぐらいしか召し上がらなくて……。私には凄く美味しかったけれど、少し薄味だったのかしら。女将さんのお料理は、さすがですわ」

「いえいえ、お口に合わないこともございますから、無理に召し上がっていただくよりは、残していただいてまったく構いません。味に拘《こだわ》りのあるお客様ですと、こちらも勉強になりますので、有難いのですよ」

お園は一礼し、再び板場へと入った。

──紅奴さんは励ましてくださったけれど、辛口で言われると、やはり正直めげるわね──

しかし、大切な包丁を持って深呼吸をすると、お園の心は落ち着いた。

──分かってるわ。料理人ならば、どんな時だって、どんなことがあったって、まな板に向かって最善を尽くさなければならない、って。あのお客様にお気に召していただけるお料理、必ず作らなければ──

お園は茄子を切り、人参の皮を剝いていく。

お園は老人と紅奴に、茄子と人参と厚揚げの炒め物、栗の天麩羅、茄子の漬物、菊の花を象った菊花寿司、栗羊羹を出した。栗も重陽の節句でよく食べられる。

「まあ、栗の天麩羅って、初めて。ほくほくして、とっても美味しいです」

紅奴は顔をほころばせながら完食したが、老人はどれもやはり半分ほどしか食べなかった。

――やはり、私の力不足だったようね――

お園は落胆しつつも、笑みを絶《た》やさずにいた。

老人は腕を組み、大きな溜息をついた。

「重陽の節句というのは、どれぐらい前からあるのだろう」

「恐らく、平安時代の頃からと思います。確か、清国《しん》から伝わったのではないでしょうか」

お園の答えに、老人は鼻白んだ。

「いかにも古《いにしえ》の習《なら》わしといった風だからな。こんなことを有難がっているようだから、日本は異国に遅れを取るのだ。広い世の中で、いじましい島国の根性、いつまでも夷狄《いてき》だなんだと、莫迦げているにもほどがある。料理がそれを物語っているわ。江戸で食べるものなど、どれもこれも大したものではないではないか」

「なにい？」

さすがに文太が身を乗り出す。八兵衛もついに堪忍袋の緒が切れたようだ。

「あんた、どこの誰か知りはしないが、そこまで言うことねえだろう。江戸で暮らしてんだろう？　江戸の食いもんが気に食わねえなら、さっさと江戸から出てけばいいんじゃねえのか？」

老人が八兵衛を睨む。

「八兵衛さん」

お園がやんわり止めようとするも、険悪になってしまった空気は戻せない。老人は嘲笑《あざわら》うように言った。

「儂《わし》だって好きで江戸にいる訳ではないわ。こんなにつまらなく、旨いものもないところなど。何が菊酒だ。こんな酒を有難がっているなど、情けない。もっと強い、喉が焼けるほどの酒こそが旨いのだ。異国を見てみろ」

「なんだ、あんたのその言い方。偉そうに」

「そうだ、何様だと思ってんだ。菊には効能があるから、女将が出してくれたんだろうよ」

堪りかね、文太と八兵衛が言い返す。老人はまたも莫迦にしたような笑みを浮かべた。

「菊に効能があることなど知っておる。儂は薬草園の傍《そば》に住んでいるからな。儂が言っておるのは、菊のことではない、酒についてだ。こんなちゃちなものを呑んで、いい気になってる江戸っ子たちの愚かさだ」

「何をっ！　じゃあ、あんたはどこの生まれってんだ？」

「伊勢《いせ》だ」

「じゃあ伊勢に帰ればいいじゃねえか！」

老人は黙り、鋭い眼光で文太を睨んだ。

今にも文太が摑み掛かりそうでお園がおろおろとしていると、戸が開いて吉之進が入ってきた。重陽の節句なので、顔を出そうと思ったのだろう。

「ああ、吉さん、いらっしゃいませ」

頼りになる吉之進が現れ、お園の目に安堵の色が浮かぶ。すると老人が立ち上がり、一喝した。

「来いと言うから、わざわざ小石川《こいしかわ》から来てやったのだ。もう二度と来るまい！」

老人は頑丈そうな躰を揺らし、堂々と出て行った。

「申し訳ございませんでした。お料理、たいへん美味しゅうございました」

紅奴は深々と頭を下げ、老人を追い掛けていった。

吉之進は小上がりに座り、「何事だ」と首を傾げる。

八兵衛は鰑《するめ》を嚙みながら、忌々《いまいま》しそうに舌打ちした。

「けっ、なんだ今のは。異国、異国って。蘭学者様かい」

「滅茶苦茶感じの悪い人ね。でも珍しいわ、江戸に住んでいて、江戸を嫌ってるなんて。あんな異国かぶれ、初めて見たわ、あたし」

お波も目を吊り上げている。

お園があったことを簡単に説明すると、吉之進は笑った。

「異国かぶれのお年寄りなど、興味深いではないか。変わった御仁なら、舌も変わっているのだろう。女将、何も気にすることはない」

「もう吉さん、相変わらず呑気《のんき》なんだから」

しかし吉之進のこのような飄々《ひょうひょう》としたところが、お園を癒してくれるのだ。

文太も怒り心頭だったが、落ち着いてくると、こんなことを言い出した。

「なんだか今の爺さん、何かで見たことがあるような、ないような。何でだっけかな」

「やっぱり蘭学者かね」

老人が残した栗の天麩羅を摘まんで、八兵衛がどんぐり眼を瞬かせた。

二

一晩明け、お園はやはり老人のことが気掛かりであった。

――二度と来るまい、と仰っていたから、もういらしてくださらないとは思うけれど、このままで終わってしまうのは、なんだか寂しい気がする――

御飯、豆腐と若布《わかめ》の味噌汁、納豆、茄子の漬物の質素な朝餉を食べつつ、お園は思う。

――生まれは伊勢と仰っていたわよね。……江戸のお料理ではなく、ほかの地のお料理をお出しすれば、召し上がってくださるかしら――

老人のいかめしい顔が、過る。

――あのお客様、辛辣《しんらつ》なことを仰いながらも、どこか寂しそうだったわ。江戸を良く思っていないようなことを仰いながら、どうして江戸に住んでいらっしゃるのかも不思議だし――

そのようなことも、お園の心に引っ掛かっていた。

店が始まる前、お園は買い物に行き、その帰りに〈山源〉の昇平に出会った。

「女将さん、こんにちは」と、昇平は今日も朗らかだ。

昇平の京訛りの言葉を聞き、お園はふと思い立ち、訊ねてみた。

「ねえ、伊勢のお料理って、どんなものがあるかしら？　西のほうだから、もしかしたら、昇平さん、ご存じかと思って」

するとと昇平は少し考え、こう答えた。

「饂飩、とかではありませんか。伊勢饂飩。……実は、俺、生まれは西ではないんですよ」

「あら、どちらなの？」

「加賀《かが》なんです」

「まあ、いいところ。あちらもお料理、盛んでしょう。……でも、びっくりだわ。京言葉よね」

「ええ。十五の時から京に行って修業してましたんで、京訛りにはなってしまいました。〈山源〉で働くには、そのほうがええですしね」

昇平はそう言って笑った。

お園は昇平に、伊勢の名物を教えてくれた礼を述べ、店に戻った。

翌日の昼の休み刻、お園は自ら深川へと赴き、紅奴に会いに行った。文太から、紅奴の居場所を教えてもらったのだ。富ケ岡八幡宮《とみおかはちまんぐう》近くの、〈まさ〉という置屋に、紅奴はいるという。

置屋はすぐに見つかった。お園が戸を開けて「ごめんください」と声を出すと、男衆が出てきた。お園は丁寧にお辞儀をし、伝えた。

「紅奴さんにお会いしたいのですが、少しの間でよろしいので、お話しさせていただけませんか」

男衆は少し怪訝そうな顔になった。〈まさ〉はなかなか大きな置屋なので、色々とうるさいのだろう。

「あの、失礼ですが、どちらさまで」

「はい。日本橋の小舟町で〈福寿〉という店を営んでいる、園と申します」

「それは、遠いところ。……で、紅奴にどのような御用件でしょうか」

「ええ、先日私の店にいらしてくださったのですが、その時に失礼をいたしまして、お詫びを申し上げげに……」

遣り取りが聞こえたのだろうか、奥から紅奴が現れた。

「あら、女将さん！　先日は申し訳ございませんでした。改めてお詫びに伺おうと思っておりました」

「そんな……私こそ御期待に添えず、たいへん失礼いたしました」

互いに頭を深く下げ合う。二人の仲がはっきりと分かり安心したのだろう、男衆はお園に言った。

「ここではなんですから、どうぞ中にお入りください」、と。

お園は紅奴の部屋に通され、訪れた訳を話した。

「是非また、あのお客様を〈福寿〉へ連れてきていただきたいのです。もう一度、私のお料理を食べていただきたくて」

「まあ……。あの方、あれほど失礼なことを申し上げましたのに……そんなにお気を遣っていただいては」

「そんなことはございません。正直申し上げますと、もう一度召し上がっていただきたいのは、私自身の為でもあるのです」

紅奴は首を傾げた。仕事の前、素顔で質素な着物姿だが透き通るような美しさを湛え、さすがは人気芸者といった風情である。

「女将さん御自身の為、ですか？」

お園は苦笑した。

「はい。あのお客様、お料理を残されましたでしょう？　それが、ちょっと悔しくて。だから今度はお客様に私のお料理を完食していただいて、雪辱《せつじょく》を果たしたいのですよ」

「なるほど、そのお気持ちも分かります」

紅奴は微笑み、付け加えた。

「でも、お客様が残されましたことは、まったくお気になさらないでくださいませ。あの方、食欲がおありになった時ですら、完食など滅多になさいませんでしたから。どこで食べても、文句ばっかり言っているんです。文句を言うことが一種の道楽なんですよ、あの方は」

「そういう方、いらっしゃいますよね。年配の男の人は、特に」

お園は再び苦笑いで、心の中、思った。

――〈山源〉の寛治さんといい、件のお客様といい、近頃そういう喧しい質の男の人と、出会いやすいのかしら、私――

紅奴はお園の気持ちを汲《く》んだのか、こう告げた。

「せっかくそう仰ってくださるのですから、承知いたしました、あの方を再び誘って〈福寿〉さんにお伺いいたします。……でも、何分気難しい方ですので、必ずとは申せませんが。それでも、なるべくお伺い出来ますよう、説得してみます」

「ありがとうございます！　紅奴さん、よろしくお願いいたします」

お園はもう一度、深く頭を下げる。紅奴は恐縮した。

「正直、私がまた女将さんのお料理を味わいたいのです。いずれも、とても美味しかったので」

「ありがとうございます。そう仰っていただけて、励みになります」

出されたお茶を一口啜り、お園はやんわりと訊ねてみた。

「あのお客様とは、もう長くていらっしゃるんですか？」

「ええ、私が半玉《はんぎょく》の頃からのお客様ですので、もう十年ほどになりますでしょうか。お座敷にいつも呼んでいただいて、よくしていただいております」

お園が見ていたように、紅奴は二十代半ばぐらいなのだろう。

ちなみに半玉とは、芸者見習いのことであり、玉代《ぎょくだい》が一人前の芸者の半分であることから、そのような呼び名となった。

「そうなのですか。厳しい中にも、風格のある方でいらっしゃいますものね。……もしや、名の知れた方なのでしょうか」

すると紅奴はそっと眼差しを逸らし、声を落として答えた。

「お客様自身に関しますことは、私の口からはあまり……。申し訳ございません、お知りになりたいのなら、お客様に直接お伺いいただけませんでしょうか」

一流の芸者である紅奴は、やはり口も堅いようだ。お園は背を正して、返した。

「そうですよね。お答えになりにくいことをお訊ねしてしまい、こちらこそ失礼いたしました。どうかお気を悪くなさらないでくださいね。どちらの御仁かと興味を抱いてしまいましたこと、お詫び申し上げます」

紅奴は苦笑いをした。

「いえいえ、御興味を抱かれて当然と思います。だって、異国がどうとか、あんなに偉そうなことを話していれば、『どこぞの誰か』と思われても仕方ありませんよね」

「私、感心しております。あのような御仁に御贔屓にされていらっしゃる、紅奴さんのこと。紅奴さん、きっと深川で一番の芸者さんにおなりになるわ」

「そんな、とんでもございません」

紅奴は艶めかしい仕草で、顔を扇いだ。


数日後、老人は何だかんだと、紅奴と共に再び〈福寿〉を訪れた。相変わらずむすっとして、「本当は来たくなかった」などとぶつぶつ言いながら、店の中を眺め回している。

この前、ほかのお客と険悪な雰囲気になったこともあり、お園は今日は貸し切りにしていた。

お園は二人に、昇平から教えてもらった、伊勢饂飩を出した。伊勢饂飩は上方の麺料理であるが、黒く濃厚な汁が特徴だ。

その汁は、たまり醬油に、鰹節などから取った出汁を加えて作る。汁は多過ぎず、太い饂飩に絡めるようにして食べる。

たまり醬油で作った汁の味が決め手となるので、具は刻んだ葱のみで充分だ。

ちなみにたまり醬油の〝たまり〟とは、「味噌の溜を醬油にしたもの」の意味を持つと言われている。

「伊勢の御出身と仰ってらしたので、大切な故郷を思い出していただきたく、お作りいたしました。お召し上がりになってみてください」

　お園は、老人が江戸をよく思っていないのも、故郷が恋しいゆえではないかと察し、この饂飩を出したのだった。

　老人は湯気の立つ饂飩を眺め、「うむ」と苦い顔をしつつ、椀を持った。

　先ず汁をずずっと啜り、コクのあるそれが絡んだ饂飩を、一口、二口食べる。

　老人の目がかっと見開かれた。椀を置き、立ち上がる。

「儂はこんなものが食べたい訳ではない！　わざわざ伊勢の料理など出さなくてもよい！」

　老人は一喝し、店を出ていってしまった。

　紅奴も慌てて立ち上がり、「またも申し訳ありません」とお園に頭を下げ、老人を追い掛ける。

　がらんとした店の中、お園は項垂れた。

　――せっかく再びお越しいただいたのに、またも満足していただけなかったわ――

　料理人としての未熟さを思い知らされたようで、胸が痛む。己の勝手な願いで、老人と紅奴に手間を取らせてしまったことも、心苦しかった。

椀を片付けながら、お園は考えた。

――お料理の味は悪くなかったと思うの。出汁も丁寧に取ったもの。ということは、お料理の選択を間違えたということかしら。『わざわざ伊勢の料理など出さなくてもよい』と仰っていたし。……どうやらあのお客様、思ったより手強いようだわ――

お園は大きな溜息をついた。

三

お園は老人がどうしても気になった。

――確かに一癖ある人だけれど、どうも只者《ただもの》ではないような気がする。紅奴さんには心を許しているようだけれど、そういった意味で、人を見る目もお持ちなのではないかしら？　相当な人生を歩んでいらっしゃったようにも、見受けられるわ。いったいあの方は、どういった人なのかしら――

しかし、紅奴は教えてくれないだろうし、老人本人に訊ねることも、今の状態ではもちろん無理だ。

──あ、そうか！──

お園は思いつき、ぽんと手を打った。


お園は朝顔長屋を訪れ、老人の特徴を伝えて、幸作《こうさく》に人相書きを描いてもらった。幸作は若い頃に絵師を目指していただけあり、人相書きなどお手の物で、お園の料理のおかげで健康を取り戻してからは、瓦版にも描いているのだ。

「お園ちゃん、また何かに足を突っ込んじゃってんのかい」

からかいながら幸作は人相書きを描き終え、それをじっくり眺めて首を捻った。

「こんな顔、どこかで見たような気がするな。結構、前に。……いや、勘違いか。ううむ」

「なかなか風格のある人なのよ。ねえ、思い出せない？」

幸作は少しの間考えていたが、溜息を漏らした。

「すまねえ、思い出せねえや。だけど、これを持って心当たりのあるところを訊き回れば、名の知れた人ならすぐに分かるんじゃねえか？　ま、頑張ってみてくれよ」

お園は人相書きを手に、頷く。幸作が描いたそれは、件の老人の顔に瓜二《うりふた》つであった。

店で老人が話していたことを手掛かりに、お園は小石川を訪れ、薬草園の辺りを探ってみた。長閑《のどか》で、とても景色が良い。秋も深まり、金木犀《きんもくせい》の甘い香りが漂い、百舌鳥《もず》の啼き声が聞こえてくる。

お園は人相書きを手に、幾人かに声を掛けたが、怪訝そうな顔をされてしまった。

——やはり、不審な者と思われるのかしら。心当たりがあっても、教えてくれないかもしれない——

お園は考えを巡らせ、このような訊ね方をしてみた。

「この前、金子を入れた三徳《さんとく》を落としてしまい、困り果てて番所へ参りましたら、この方が拾って御親切に届けにきてくださったのです。どうしても御礼をしたかったのですが、名前を仰らずに、『お気になさらず』と立ち去ってしまわれて……。ずっとそのことが心に残っておりまして、改めて御礼をさせていただきたく、こうしてこの方を捜しているという訳です」

　すると効果があったようで、この付近に住んでいるであろう品のある女人が、このようなことを教えてくれた。

「ああ、この方は大黒屋光太夫《だいこくやこうだゆう》さんではないかしら。ほら、露西亜《おろしや》に流されて、日本に戻っていらした方。数十年前、酷く話題になりましたでしょ。今は薬草園の中の、お上に用意されたお家にお住まいですよ。だから、お家を御訪問なさるのは難しいのではないかしら。敷地の中に、入れないかもしれませんね」

　その話を聞いて、お園は目を見張った。驚きのあまり、一瞬言葉を失うも、

「ありがとうございました。出直して参ります」と、立ち去る。

　大黒屋光太夫の話は、もちろんお園も知っていた。

　伊勢国は白子《しらこ》の船頭で、天明《てんめい》二年（一七八二）、嵐の為に江戸へ向かう回船が漂流し、アリューシャン列島のアムチトカ島に流れ着いてしまった。露西亜では苦難の日々を送り、やがて女帝エカチェリーナ二世に謁見して帰国を許され、日本に戻ってきた時には漂流から九年半が経っていた。

　十五名いた船員たちは露西亜で次々に病没したり、露西亜に残留することを望んだりして、日本に無事戻ってきたのは光太夫と磯吉《いそきち》という男の二人のみだった

という。

——さっきの方のお話のように、帰っていらしてからは、お上にお住まいをあてがわれ、お上の目が届く江戸に留められているのでしょう。それはそうよね、数少ない、異国を御経験なさった方なのですもの。お上からすれば、危険な人物と見なされているのかもしれないわ。本人にまったくそんな気がなくても。……大黒屋様、帰国後は、常にお上に見張られているような心持ちなのでは？　たまにはお座敷に芸者さんをお呼びになったりして戯《たわむ》れてはみるものの、息苦しい暮らしというのも分かるような気がするわ。それゆえに、気難しくもなってしまうのでしょう——

考えを巡らせるうちにお腹が空き、お園は帰りがけに、小石川の〈月邑《つきむら》〉という料理屋に立ち寄ることにした。

お園は噂で、この店も「〈山源〉の料理を真似している」と聞いていたからだ。小石川を訪れたのには、老人を探るというだけでなく、この〈月邑〉を窺うという狙いもあった。

真似ていると言われる料理は、千貼《せんば》り寿司という名で、寿司というよりはおむすびのような丸く大きな形をしている。

お園はそれを頬張り、「うん」と頷いた。

――とても美味しいわ。細かく刻んだ高菜を胡麻油で軽く炒めて、お醤油で味付けしたものを御飯に混ぜて、それを握って、高菜の葉で巻いているんだわ。白胡麻も入ってる。……あ、あれも――

嚙み締めるうち、あの独特な風味が、口の中にじんわりと広がっていく。

――ここでも使われているという訳ね。ところでこのお料理って、千貼り寿司ともいうみたいだけれど、〝めはり寿司〟よね。めはり寿司って、京のお料理というよりは……大和のお料理ではないかしら――

お園は、いつぞや浅草は門前町で食べた〝のっぺ〟という料理を思い出した。あの後調べてみたところ、〝のっぺ〟は越後の郷土料理でもあるが、大和の郷土料理でもあった。

ふと、大和出身という、浩助が思い浮かんだ。

――二番手の浩助さんが？　まさか――

お園は直感を否定しつつも、疑念が湧いてくる。

――昇平さんに聞いたお話だと、浩助さんって下の人たちを殴ったり怒鳴ったりするというわよね。そんな横暴な気質なら、小銭欲しさに悪事を働いてもおかしくはないわ——

浩助の、皮肉な口調、鋭くどこか冷たい眼差しが、蘇る。

一風変わったためはり寿司を頬張りつつ、お園は——この隠し味も、大和の特有のものなのかしら——などと考えを巡らせていた。

お園は、その後、また別の店にも行ってみた。男女の集いの時に、皆の話で耳にした、上野の〈亀庵〉という店だ。

そこで話題になっているのは、餅料理、いわば雑煮であった。

出てきた料理を見て、お園は目を丸くした。雑煮が入った椀の横に、黄粉《きなこ》が盛られた皿が置いてあったからだ。女中が説明した。

「餅は、黄粉につけてお召し上がりください」

雑煮の餅は上方らしく丸餅で、豆腐、蒟蒻、里芋、人参が入っている。汁は白味噌仕立てだ。

お園は黄粉を指でそっと掬《すく》い、舐めてみた。

——お砂糖が少し入っているわね。甘い——

丸餅を箸で摘まみ、女中に言われたように、黄粉につけて、食べてみる。

「あら、安倍川《あべかわ》みたいで、いける」

雑煮の汁を吸っているから、安倍川よりもっと複雑な味わいになって、意外にも美味しい。お園は餅だけでなく、里芋や蒟蒻なども黄粉を塗《まぶ》して、すぐに食べ終えてしまった。残った黄粉は汁に溶かし、ずずっと啜る。

――白味噌と黄粉が、合うのね、きっと――

お園は満足げな息をついた。

――もしかしたら、これも大和のお料理かもしれないわ。調べてみなくては――

そんなことを考えながら、お園は〈亀庵〉を出た。

店に戻る途中、お園は東本願寺の近くで、「おや?」と思い、立ち止まった。〈山源〉の幸夫を見掛けたのだ。雨が降る中で幸夫を見掛けた時と、同じ辺りだ。幸夫は今日も風呂敷包みを抱え、そそくさと足早に歩いている。

お園はどうしても気になり、幸夫に気取られぬよう注意しながら、後を尾けていった。

幸夫は辺りを窺うように歩を進め、阿部川町の長屋の、古びた家に入っていった。お園も長屋に入り込み、破けた障子の隙間から、そっとその家の中を覗いてみる。

老婆が床から身を起こし、幸夫から食べ物を受け取っていた。老婆は「いつもすまないねえ」と、繰り返し幸夫に頭を下げる。

「気にせんでええよ。はよ元気になってな」

幸夫は老婆の背を、そっと撫でていた。

少し経つと幸夫は出てきて、再びそそくさと帰っていった。お園は物陰に身を潜め、一部始終を窺っていた。

井戸の水を汲みにおかみさんが出てきたので、お園はそれとなく声を掛けた。

「あの……こちらにお婆さんがお住まいのようですが、お一人なのでしょうか？若い男の人が、出入りしているようですが」

すると太り肉で赤ら顔のおかみさんは、気さくに答えてくれた。

「ああ、あの板前さんでしょ？　まだ見習いみたいだけどさ。あそこに住んでるお婆さんはお稲《いね》さんっていうんだけれど、お稲さんの親戚の子みたいね。お稲さん、自慢してんのよ。『親戚の子が京から出てきて、名の知れた料理屋で働いてる』ってね。幸夫さんっていうんだっけ、その人。幸夫さんは子供の頃、酷く人見知りする子だったそうで、それでお稲さんも心配してたみたいね。でも、今や名門のお店でしっかり頑張っているから、安心したんじゃない？　お稲さん、江戸で身寄りがなくて心細かったみたいだけれど、幸夫さんが江戸に来てから、ずいぶん元気になったのよ。幸夫さん、よく、お店の賄《まかな》いの余りを持ってきてくれるんですって」

「まあ、そうなのですか」

幸夫はどうやら、思い遣りのある若者のようだ。あの暗さは、単に人見知りする気質ゆえのものだったのだろうか。おかみさんは微笑みながら続けた。

「幸夫さん、お仕事も楽しいんだってね。お稲さんに嬉しそうに話してるみたい。『上の人たちがいい人ばかりで恵まれている』、って。板長も次板の人も厳しいけれど、細かなことまで教えてくれるんだって。怒られることもあるけれど、自分を成長させてくれる為って、幸夫さんは分かってるんだね。『板長から三番手の人まで、皆、優しくて、奢ってくれることもある』って、楽しげに話してたみたいよ。〈山源〉さんって良いお店なんだね」

「……そうなのですか」

おかみさんの話が意外だったので、お園は言葉が続かなかった。

お園はおかみさんに話を聞かせてくれた礼を言い、長屋を出た。

金木犀の香りが漂う中、お園は考えを巡らせつつ、歩く。

――どうやら、昇平さんのお話と違って、幸夫さんは寛治さんや浩助さんを悪く思っていないみたい。それとも、親戚のお婆さんを心配させたくなくて、敢えてそのように言っているのかしら。確かに、実際に殴られていたって、人には正直に話せないかもしれないわよね。特に、身内には――

いずれにせよ、幸夫がこそこそとしていたのは仕事の合間に親戚に賄いの余りものを届けるからであり、料理の横流しをしていた訳ではないらしい。

――幸夫さん、おとなしいけれど、いい人なのではないかと思っていたのよね。怪しげな挙動も、その訳が分かってよかったわ――

お園の心に安堵が広がる。

――厳しい板前の世界では、誰もが言い知れぬ重圧を抱えているのかもしれない。ならば、誰が罪を犯してもおかしくないのかも――

お園の頭を、浩助、そして寛治の顔が過った。

――まさか……寛治さんである訳がないわ。確かに寛治さんは皮肉っぽい人だけれど、横流しなんて、そんなことをする理由がないもの。あるとしたら、何？小銭欲しさ、もしくは〈山源〉さんに対する不満が募って、嫌がらせとか？……

ううん、それはやはり考え過ぎね——

お園は寛治に対する疑いを、打ち消した。

——あの人は私に辛く当たるけれど、板前としての矜持はひしひしと伝わってくる。矜持があるからこそ、自分の仕事にこだわりがあって、許せないこともあるのでしょう。そんな人が、料理に関することで、そこまで卑怯《ひきょう》な真似をするとは思えないわ——

寛治がふとした時に見せる、清次にも似た真摯《しんし》な表情を、お園は思い出していた。

お園は、〈亀庵〉で味わった、雑煮の餅に黄粉をつけて食べる料理を調べてみた。その料理は、やはり大和に特有の雑煮であった。

翌日、昼の休み刻、お園は堀留《ほりどめ》二丁目の通りまで出て行った。いつも文太がこの辺りで口上しているのだ。

案の定、晴れ渡る空の下、文太が台に乗って唾を飛ばしながら、瓦版を売っていた。

「さあさあ、今日の目玉は、瀬戸物町《せとものちょう》の大店が舞台、内儀と手代との密通の果ての心中騒ぎだ！　何の不満もない大店の内儀が、何故に手代と人の道を外れちまったのか？　その裏には夫の冷たい仕打ちが……。他人から見りゃ幸せそうでも、真のことは分かりゃせぬもの。戯作も敵わぬ現《うつつ》の、儚《はかな》い夢と厳しい真、さあさあ、とくと御覧あれ！」

興味を掻き立てられた江戸っ子たちが、文太を囲んで、毟り取るように瓦版を買っていく。

お園は水売りから水を買い、瓦版を売り尽くした頃に、文太に声を掛けた。

「はい、文ちゃん、お疲れさま。喉が渇いたでしょう。これ、差し入れ」

文太は首に巻いた手拭いで汗を拭いつつ、お園から水を受け取った。

「女将、ありがてえ！　喉からからだったんだ」

文太は水で喉を潤し、「旨いねえ」と目を細めた。

「女将、今から買い物？」

「ううん、そうではなくて……」

お園は文太に向かって、手を合わせた。

「ねえ、文ちゃん。お願い！」

　文太は洟を少し啜って、答えた。

「なに、女将のお願いはいつものことだ。言ってみな」

「ありがとう、さすが文ちゃん、太っ腹だわ！　ではお言葉に甘えて……大黒屋光太夫って知ってるでしょ？　ほら、露西亜に漂着して、日本に戻ってきたって人。戻ってきたのが今から三十年ほど前だから、難しいかもしれないけれど、当時の光太夫に関するものを出来る限り集めてきてほしいの。もちろん最近のがあったら、それもお願い」

「ふうん。大黒屋光太夫ね。ま、いいけどよ。確か、蘭学者の桂川《かつらがわ》なんとかってのが、大黒屋の露西亜での日々を聞き取って纏めた、『北槎聞略《ほくさぶんりやく》』ってのが残ってるよ。しかし、いったいなんでまた、大黒屋……」

　文太の目がみるみる見開かれる。

「ああっ！　あっ、あっ、あ、あのいつぞやの爺さん、もしや……」

「しっ！　お願い、絶対に内密にしてね。今夜の呑み代は、無しでいいから」

　すると文太、気を落ち着け、すかさず返事をした。

「はい、もちろん、誰にも漏らしません。この俺を信用してください！」

　胸をどんと叩く文太に、お園は再び手を合わせる。文太も驚いたのだろう、

「いやあ、そうだったのか。だからどこか何かで、見たことがあったような気がしたんだなあ」と、暫くぶつぶつ呟いていた。

四

お園は紅奴に頭を下げ、光太夫をもう一度〈福寿〉に連れてきてくれるよう、頼んだ。

「一度目も二度目も御満足いただけるお料理を作れなかったのですから、お断りされて当然と覚悟しております。でも、どうしても、もう一度、あのお客様に、私の作りましたものを召し上がっていただきたいのです」

お園に深々と頭を下げられ、その熱い思いに、紅奴も胸を打たれたようだ。

「私のお客様の為に、それほど熱心になってくださって、なんて御礼を申し上げてよろしいか……。かしこまりました、あの方をお店にお連れ出来ますよう、努めてみます」

「ありがとうございます。お願いいたします」

お園は顔を上げ、笑みを浮かべた。置屋の中、三味線の音色がしとやかに聞こえてくる。

数日後、紅奴と共に、光太夫が三度《みたび》〈福寿〉を訪れた。儂を唸らせる料理を本当に作れるのか」

「ふん、どうしてもと言うから、来てやった。儂を唸らせる料理を本当に作れるのか」

相変わらず光太夫はぶつぶつと言っているが、お園はもはや微笑ましい。文太にも協力してもらって色々調べ、光太夫が本当は寂しさを感じているということにも、お園は気づいていた。

露西亜では苦汁を舐《な》め、日本に帰ってきてからは無理やりのように隠居暮らしを強《し》いられ、伊勢へ帰ることも許されなかった。一度許可されて故郷に帰ってはみたものの、妻だった女は光太夫が亡くなったとばかり思っていて、別の男と夫婦になっていた。お上から新しい妻をあてがわれてはいたが、光太夫は虚《むな》しかったであろう。

お上の監視の下《もと》、光太夫は江戸から出られぬ日々を送っている。「そんなに江戸が嫌なら、伊勢へ帰ればいいじゃないか」と言われ、気分を害したのも尤もであろう。江戸を出られず、伊勢に戻れぬ身であるからだ。

自由に飛び回っていた船頭の頃を思い出せば、歳を取った今、虚しさや寂しさが募るのも、無理はないだろう。

お園は、光太夫の心が、分かるのだった。

「お待たせいたしました。お召し上がりください」

お園が出した料理を見て、光太夫が目を見開いた。

平皿には麵麭《めんぽう》（パン）の如きものが載り、牛酪《ぎゅうらく》（バター）が添えられている。大きめの椀に入ったのは、野菜と魚を煮込んだ汁物だった。

光太夫はお園を見やった。お園は何も言わず、嫋やかな笑みを浮かべている。

光太夫は咳払いをして、麵麭を摑み、千切って、頰張った。

麵麭に似たようなものは、お園は以前にも作ったことがあった。お妙《たえ》という女の悩みを解決した時だ。お妙はこそこそと怪しげなものを作っており、どのようなものかを周りに訊ねて真似して作ってみると、麵麭が出来上がったのだ。

麵麭の作り方は、『御前菓子秘伝抄《ごぜんかしひでんしょう》』（享保三年、一七一八）にも、「蒸餅即ち饅頭《まんじゅう》に餡なきもの」と、記されている。つまりは餡子が入っていない饅頭のようなもの、ということだ。

お園は甘酒を醸《かも》しに使ってよく発酵させ、出来る限りふっくらと作り上げた。

――異国の麵麭には決して敵わないでしょうが、日本なりの麵麭があってもいいような気がするもの――

そう思いながら、お園は麵麭作りに励んだ。また牛酪は薬扱いでなかなか手に入らないので、医者のところに行って、特別に分けてもらったのだった。

汁物は、鮭《さけ》、隠元《いんげん》、牛蒡、蓮根《れんこん》、そして檜原《ひのはら》村で採れるつる芋を、煮込んで作った。

檜原村で知り合った静《しず》に文《ふみ》を送って頼んだところ、すぐにつる芋を送ってくれたのだ。旅で出会った人々の優しさに、お園は改めて感謝をしていた。

色々と調べ、厳寒の露西亜では、魚と野菜を煮込んで作る〝ウハー〟と呼ばれる料理が盛んであるとお園は知った。そのウハーには鮭がよく使われるという。丁度、鮭が美味しい時季だ、お園はそれらをウハーと同じく、塩と大蒜で味付けをしながら煮込み、唐辛子も少々入れてみた。

光太夫が話していたことや、調べた経歴から、――もしや、異国の料理を召し上がりたくなっていらっしゃるのかも――と、お園は察したのだ。

光太夫は、少し塩っ気のある麵麭に牛酪を塗しつつ、頰張った。汁物も匙《さじ》で掬って、味わう。お園と紅奴に見守られながら、光太夫は完食した。

その姿を見て、紅奴は目を瞬かせた。

麺麭も汁物も、本場の料理には到底敵わないであろう。しかしお園は、光太夫が露西亜で恐らく食べたであろうこれらの料理を自分なりに作り、光太夫に懐かしさと癒しを与えたかったのだ。

光太夫がぽつりと言った。

「こういう芋は、露西亜でよく食べた。日本でも採れるのだな」

「はい。武蔵野のほうで採れるのです。元々は南蛮のお芋で、長崎に伝わったと聞きました。露西亜でも作られているのですね」

「うむ。まさか江戸で再び食べることが出来るとは思わなかった。実に懐かしい」

お腹が満たされたからだろうか、光太夫の顔つきに刺々しさが無くなっている。

「露西亜で食べた麺麭はもっと硬かった。今や年寄りの儂には、これぐらい柔らかなほうがよいだろう。露西亜のウハーには牛蒡や蓮根などは入ってなかったが、これはこれでよい」

「硬いものでも煮込めば柔らかくなり、味が染みて美味しくいただけます」

そう言うお園を、光太夫はじろっと睨んだ。

「ふん、儂を石頭の嫌な爺と思ってるんだろう」

「そ、そんなことありません」

慌てるお園に、光太夫は告げた。

「まあまあだった」

お園と紅奴は顔を見合わせ、微笑み合う。お園が色々調べたのだろうと、光太夫も紅奴も気づいているようだったが、何も言わなかった。

お園は、次に〝鮎魚女《あいなめ》と百合根の煮つけ〟を出した。

それを見て、光太夫は「むう」と唸った。

鮎魚女と百合根には、光太夫は深い思い出がある。

嵐に呑み込まれ、露西亜の小さな島に流れ着き、息も絶え絶えだった光太夫たちに現地の人々が初めて与えてくれた料理が、〝鮎魚女と百合根を煮たもの〟だったのだ。

お園はそのことを調べ、料理として出した。

——大黒屋様に、異国の地で出会った人たちの優しさを、思い出していただきたい——

そう願いを込めて。

光太夫は黙々とお園の料理を平らげ、よく響く低い声で言った。

「努力は認めよう」

厳しい光太夫の温かさに触れることが出来たような気がして、お園の目頭が熱くなる。紅奴も安堵したのだろう、しなやかな指で、そっと目を拭った。

光太夫は、腕を組み、空になった皿を見つめ、こんなことを言った。

「若い頃を思い出した。船に乗って色々なところを旅していた、あの頃をな」

そして、ふと寂しげな顔をした。

お園は次に、鮎《あゆ》の塩焼きを出した。

「鮎魚女って、鮎に似ているから、そのような漢字になったそうですね。そこで、今度は鮎を用いてみました。春先の若い鮎も爽やかな味わいでよろしいですが、やはり熟して脂の乗った鮎は最高ですよ。ねえ、紅奴さん」

お園に振られ、紅奴も嫋やかに微笑んだ。

「ええ、本当に。熟した鮎、私も大好きですわ。若い鮎って淡泊ですから」

「ふん、儂が若くはない、年寄りだと言いたいんだろう」

光太夫は苦々しい顔つきで、またもぶつぶつ言いながらも、鮎を頬張り、すぐに平らげてしまった。

お園は鮎のなれ鮨《ずし》も出した。なれ鮨を思いついたのは、小石川で食べためはり寿司に触発されたからだ。

光太夫は伊勢国の白子の生まれであり、白子は幾分美濃《みの》寄りなので、美濃の名物であるなれ鮨がよいのではないかと思った。

めはり寿司も伊勢国の名物ではあるが、船乗りであった光太夫には、魚を使ったものを出したかった。

なれ鮨とは、魚介や野菜、山菜を飯と塩で漬け、重石《おもし》をして発酵させたもので、上方で盛んである。お園は言った。

「魚を漬けこんでおくと、独特の旨みが出ますよね。そこが堪らないと、味付けの素にもなっているぐらいですから」

光太夫は、鮎のなれ鮨を、むしゃむしゃと頬張った。お園は続けた。

「これは数日間しか漬け込みませんでしたが、なれ鮨を作るには、数箇月、数年間も発酵させることもあります。美味しいものを完成させるには、時間を掛けることも必要なんですよね」

「そうそう。素敵な人になるにも、手間暇、時間が掛かりますもの」

「時間を掛けて成熟し、歳を取ったら取ったで、若い頃にはなかった楽しみがあるでしょうから、それを見つければよろしいのですよね」

「女将さんの仰るとおりだわ。そう、たとえば、〈福寿〉さんのようなお店に通って、憎まれ口を叩きつつも、美味しいお料理とお酒に酔いしれる、とか」

美女二人に笑顔で見つめられ、光太夫は大きな咳払いをする。

なれ鮨も平らげ、光太夫は満足げにお腹をさすった。

「また来よう」

光太夫はお園に告げ、紅奴と一緒に帰っていった。

お園の料理が、頑なな光太夫の心を少なからず開いたことは、確かなようだ。

そしてお園の心にもまた、灯が灯ったようであった。

お園は板場へと入り、大切な包丁を見つめつつ、征義と清次の親子に語り掛けた。

――料理人の世界とは、なんと厳しく、なんと奥が深いものなのでしょう――

よく研がれた包丁は、鋭くも柔らかな光を発している。

寛治と同じ、料理に心などいらない、と言っていた光太夫を満足させたことで、お園は改めて、自らの信念は間違っていない、と思いを新たにするのであった。

お園は、こうも思った。

――大黒屋様も寛治さんも、きっと心を傷つけられたことがあって、その痛手によって、「心を込める」というような温かなものを、簡単には信じられなくなってしまったのかもしれないわ。ならば、その痛手を少しずつでも癒してあげることが出来れば……信じてもらえるのではないかしら――

神無月《かんなづき》に入り、光太夫が紅奴、そして京から来たという芸妓とともに、〈福寿〉を再び訪れた。芸妓は嘉つ乃《かの》といい、小柄で、壊れてしまいそうな繊細な美しさを湛《たた》えているが、切れ長の目の輝きに、芯の強さが窺えた。

「これは素敵なお店どすなあ。大黒屋様がお褒めになってはりましたよ、『女将さんがまたいいんだよ』、って」

嘉つ乃に言われ、お園は「まあ」と照れる。美女に囲まれ、光太夫は機嫌が良い。光太夫は酒を啜り、声を響かせた。

「〝料理で心を伝える〟なんて、莫迦げたことと思っていたが、この店に来て、儂は考えが変わったんだ。そういうことも、本当にあるんだとな」

三人の美女は顔を見合わせ、にっこり微笑む。

お園が先ずは酒と、蕪《かぶ》を使った千枚漬けを出すと、嘉つ乃は喜んだ。

「美味しいわあ。江戸でこんなに美味しい千枚漬けが食べられるんどすなあ。これから千枚漬けが食べたい時は、こちらにお伺いしましょ」

嘉つ乃は〈山源〉のことも、板長の寛治のことも知っており、お園は詳しく聞くことが出来た。嘉つ乃は言った。

「〈山源〉はんでは、どうやら次板の浩助はんに横流しの疑いが掛かってるようどす。お店の中が険悪になってはると聞きました」

お園は思った。

——横流しされているのが大和の料理と気づき、〈山源〉の人たちも浩助さんを疑うようになったのね。……それゆえ、私への風当たりが少しずつ和《やわ》らいできているのかも——

確かに、お園が疑われているという噂は、このところ収まってきていた。

——無実の人を疑って、実は自分たちの店の人がしていたなんてことになったら、いっそう恥になってしまうもの。〈山源〉さんとしては頭が痛いでしょうね

――

嘉つ乃の話によると、浩助が疑われているが、確実な証拠がないので、まだ辞めさせることが出来ないらしい。

また、〈山源〉の主も、噂になっている店に乗り込み、「誰から作り方を聞いたんだ」と凄んでみせたが、皆、このように答えたという。

「言いがかりです。うちが、おたくの料理を盗んでいるという証拠があるんですか？　是非、食べてみてください。うち独特の味で作ってますから、おたくとは違いますでしょう」、と。

それで実際に食べてみると、確かに少し違った味わいなので、何も言えなくなってしまうのだと。

しかし作り方はおおよそ同じなので、十のうち九を盗んでいるといったふうなのであろう。

「どのお店も、完全に同じものを作ってはる訳ではないから、〈山源〉はんも作るのを止めさせることは出来ないそうどす」

嘉つ乃が言うと、紅奴も溜息をついた。

「味を少し変えているというのが、なんだか余計に悪質なような気もするわね」

お園は複雑な思いで、料理に取り掛かる。今日は嘉つ乃の為に、お園なりの京料理を出すつもりだ。お園は、茄子と鰊の煮合わせを作り始めた。

五品目　源氏豆腐《げんじどうふ》

一

寒さを感じるようになってきて、お園は火鉢と炬燵《こたつ》を出した。それらで暖を取りつつ、蜜柑《みかん》を食べ、ささやかな幸せを感じる。

――この一年、様々なことがあったわ――

色々な人との出会い、別れ。辛い思いで戻ってきたら、今度は店が危機に瀕した。だがそれも周りの皆のおかげで、どうにか脱することが出来た。

悪い噂を流されても、お園を信じてくれる人たちが支えてくれて、いつの間にか噂も通り過ぎていくようになった。

――励ましてくれた皆の為にも、いっそうしっかりしなくちゃね――

甘い蜜柑を味わいながら、お園の心に温かな決意が漲っていく。だがお園には、気掛かりなこともあった。

〈山源〉のことだ。あの後更に嘉つ乃に聞いた話によると、強気の寛治だが、〈源氏物語〉を表す料理というのも頼まれて、困っているらしい。なかなか作れず、料理の流出の噂も気に掛かり、参っているようだ。嘉つ乃は、寛治に料理を頼んでいるお客のことも知っており、教えてくれた。

「大店の、お内儀はんどす。といえば聞こえはよろしおすが、そのお内儀はん、旦那はんにほかに女を作られてしまってなあ。夫婦の仲は、何年も前から冷めきってるって話おす。お内儀はん、美味しいものを食べるか、本を読むことぐらいしか、きっと楽しいことがありまへんのやろ。女って、悲しいどすなあ」

そう言って、嘉つ乃は溜息をついたのだ。

その話を聞いて、お園はふと、いつぞや文太が述べていた口上を思い出した。

『他人から見りゃ幸せそうでも、真のことは分かりゃせぬもの。戯作も敵わぬ現の、儚い夢と厳しい真』

あの時の、瀬戸物町で起きた大店の内儀と手代の密通の事件も、元々は内儀の夫がほかに女を作って、内儀に何年間も冷たくしていたことが原因だという。内儀は寂しさに堪えかね、道を外れ、心中という結末を迎えた。

お園は思った。

――寛治さんのお客様であるお内儀さんは、厳しい現実で生きる中、物語の夢に、何を御覧になろうとしているのかしら。……何を求めていらっしゃるのかしら――

お園はまた、嘉つ乃から聞いて、寛治の女嫌いの訳も知った。

寛治は、京で修業をしていた時、仲が良かった女の料理人がいた。二人は同志にも似た感情で繋がれており、競い合い、寛治は女に惚れて、女のことを想った料理を作ったが、その想いは伝わることなく、その女は嫁入りを機に料理人を辞めてしまった。

寛治は「そんな覚悟とは思わなかった」と落胆し、それから女の料理人に対して特に敵視しているようだ。「女なんて、そんなものや」、と。

その女の料理人とのことが、寛治の傷になっているのは確かであろう。

——だから寛治さんは、お料理に心を込めるということを、拒絶してしまうのでしょう——

嘉つ乃のその話を聞き、紅奴がこんなことを言った。

「仮に相手に伝わらないことがあっても、心を込めるということは、大切だと思います。……お園さんのお料理に、改めて気づかされました。私ども芸者も、芸は確かに大切ですが、結局はお客様との触れ合いなのです。お客様に嫌われてしまいましたら、何も出来ません。芸も心、おもてなしも心。日々、お客様の心を感じながら、それに己の心を重ね合わせ、なるべく添うことが出来ますよう、精進しております。お客様がお相手なのですから、板前さんだって同じなのではないでしょうか。お客様が感じる味は、料理だけではないと思うのです。料理、雰囲気、おもてなし、それらがすべて重なったもの。それこそが、お客様が真に感じる味わいなのでしょう」

紅奴の言葉を聞き、お園ははっきりと気づいたのだ。気難しい光太夫が、紅奴のことをどうしてそれほど贔屓にしていたのかを。紅奴がそう言い切った時、隣で光太夫は深く頷いていた。

――美しいだけでは決してないのね、紅奴さんは。そのお心、私も見習わせていただかなくては――

お園は鉢の中の金魚、〝あんこ〟と〝かのこ〟に餌《えさ》をやり、眺めた。ひらひらと水を舞う金魚に、お園の心が癒される。行灯の仄かな明かりの中で揺れる金魚は、柔らかな魂のようだ。

「いいわね、お前たちは無邪気で」

お園は頬杖をつき、笑みを浮かべた。

寝る前、下へ降りて板場へと入り、お園は包丁を手にした。木綿《もめん》豆腐を、大きな骰《さい》の目に切る。『豆腐百珍』（天明二年、一七八二）に、〝源氏豆腐《げんじどうふ》〟という料理が載っている。お園は、それを作ろうと思ったのだ。

切った豆腐を笊《ざる》に入れ、振って角を取る。

それを炒め、赤味噌、酢、砂糖、辛子で味付けする。砂糖は高価なので、お園は味醂で代用した。

湯気の立つそれを眺めつつ、お園は思う。

――寛治さん、この源氏豆腐は既に思いついて、作っているわよね。でもこのお料理は、〈源氏物語〉は別に関係がないみたいだけれど――

どうやら、源氏の旗は白であり、平氏の旗は赤なので、「赤（味噌）を喰らってやる」の意味で〝源氏豆腐〟と名付けられたという。

その源氏豆腐を、お園は一口食べた。

――酸っぱさと仄かな甘みと辛さが混ざり合って、複雑な味わいだわ。後を引くような……――

そしてお園は苦笑した。源氏豆腐の後を引くような酸っぱい味わいに、寛治が引き摺り続けている思いが、重なったような気がしたからだ。

仄かな明かりに照らされて、皿の上、源氏豆腐はふわふわ揺れる。

二

八兵衛夫婦と文太が帰り、店を閉じる前、お園は手持無沙汰に、椀に注いだ水に紅葉《もみじ》を浮かべていた。

――子供の頃、紅葉に願い事を書いて、川に流して遊んだっけ――

紅色の紅葉、黄色の紅葉、一枚摘まんでは水に浮かべ、明日は紅葉酒を出そうとお園は思う。

すると、戸が開き、寛治がふらりと入ってきた。仕事帰りで、酒も呑んでいるようだ。寛治にじっと睨《ね》められ、お園は少し怯んだ。

そして寛治は八つ当たりのように、お園にきつい言葉を放った。

「お前が、うちの料理を流して、小銭を稼いでいるんやろ。正直に話しや」

苛立ちが募って、気持ちの持っていき場がないのだろう。寛治の顔は青ざめている。

お園は怒らず、寛治にやんわりと言った。

「よろしければ、お酒でも呑んでいかれませんか？　お上がりになって。ゆっくりお話しいたしましょう」

寛治は拳を握って突っ立っていたが、むすっとしつつも、小上がりに座った。

お園は先に酒を出し、「今、何かお作りしますので、少々お待ちくださいね」

と、板場へと入る。

お園は、寛治に料理を出した。里芋と大根を煮たものに、栗餡を掛けたものだった。

「……栗の餡かけとは珍しいな」

寛治は味を見た。なんだかんだと、お園の料理に興味があるようだ。

お園は言った。

「栗の餡かけのお料理は、亡くなった夫を弔《とむら》う時に作りました」

寛治は思わずお園を見つめた。

「つい数箇月前に、亡くしました。私に料理の楽しさや奥深さを教えてくれたのは、その人でした」

寛治は食べる手を止め、声を絞り出した。

「そうか……辛かっただろう」

「ええ。夫が生きている頃から色々あって、数年離れ離れになってしまって、ようやく再会出来たと思ったら……。でも私は、どんな辛い時も、悲しい時も、料理人を辞めようとは思いませんでしたね。今にして思えば」

「それは、どうしてなんだろうな」

「根っから料理が好きで」

お園は一息ついて、続けた。

「私にとって、料理をすることが、生きることだからです」

酒を啜る寛治の唇が、微かに震えた。

寛治は黙ってお園の料理を味わい、綺麗に食べ終えた。

お園に心を少し許せたのだろうか、寛治は〈源氏物語〉の料理について、悩みをこぼした。

「大店の内儀さんから、お代はいくら掛かってもいいから満足するものを作ってくれと頼まれて、絵巻物のような豪華な料理を作っても、納得してもらえへんのや」

お園は静かに答えた。

「光源氏《ひかるげんじ》って、華やかなようでいて、本当は、とても寂しい人だったのではないかしら。光源氏を取り巻く女の人たちも」

寛治は顔を上げ、お園を見つめる。お園は続けた。

「母親を幼い頃に喪い、女の人にもてたようで、実は、誰からも真の情を得ることが出来なかったのでは。薫大将《かおるだいしょう》の出生にまつわることでは、それまでの自分の行いが返ってきたように、光源氏自身が裏切られてしまうし。光源氏を取り巻く女の人たちも、皆、源氏と同じように、孤独。悲しみだけでなく、憎しみや妬《ねた》みまでをも渦《うず》巻かせ、真の幸せを感じていた人など、いたのかしら」

お園の言葉に、寛治ははっとした。光源氏の孤独……それが、寛治自身の孤独に、重なったように思えたからだ。

これで寛治は、目の前の靄《もや》が晴れ、救われたような気がした。

——俺は自分の想いを伝えることしか、あの時、考えていなかった。違う。想いを伝えるとは、相手のことも考えて、初めて形になるんや——

寛治は、こうも思った。

——孤独。そうや、あの内儀さんも孤独なんや。それゆえに、〈源氏物語〉に拘るのかもしれへん。光源氏と女たちに、真の情を得たくても得ることが出来ない、自分を重ね合わせているのかもしれへん——

お園は寛治に微笑んだ。

「その点を考えてごらんになれば、よいお料理が出来るのではないかしら」

寛治は顔を伏せ、黙り込む。

お園は「少しお待ちください」と言って、板場に再び入り、源氏豆腐を作って寛治に出した。今度は味醂で代用せず、ちゃんと砂糖を使った。寛治は源氏豆腐を眺め、静かに味わう。お園は澄んだ声で話した。

「このお料理、『源氏物語』には関係はないようですが、私は通じるものがあるように思ったのです。赤味噌とお酢、砂糖に辛子が混ざり合って、独特な甘酸っぱさですよね。……光源氏の心も、こんなふうではなかったのかしら。光源氏も、取り巻きの女たちも、その日々は決して甘いだけではなく、辛くもあり、酸っぱくもあったのでしょう。そう考えますと、豪華な暮らしをしていた平安の貴族も、心の中は、今を生きる私たちと同じということですよね」

寛治が食べる手を止め、お園を見つめた。お園はまた板場へと行き、今度は、お園が考えた〝源氏物語を表す料理〟を作り、寛治に出した。

それは、紅葉を敷いた上に胡麻豆腐を載せ、栗餡を掛けたものであった。その色合い、そして精進料理というところが、なんとも「静かに暮れゆく人生」を表している。

お園は、栗餡の上に、山葵も少し載せた。源氏豆腐では使われていなかった山葵を、お園は敢えて使ったのだ。胡麻豆腐に山葵は合うし、〝侘びと寂び〟を掛けてみたということもあった。『源氏物語』という王朝絵巻に、華やかさだけではない、侘びと寂びを見出した、お園なりの解釈であった。

寛治は、お園が作った料理を、食い入るように見ていた。

「『源氏物語』って、艶やかながらも、物悲しくて、鮮烈でもありますよね。そのような物語に、私が感じたのは、お酢でも砂糖でも辛子でもなく、山葵の風味だったのです。……召し上がっていただけましたら、嬉しいです」

寛治は頷き、ゆっくりと味わった。

――これは、まさに、光源氏の孤独を表す料理や――

食べ終えると、寛治は深々と頭を下げ、丁寧に礼を述べた。

「美味しかったです。おおきに、ありがとうございました」

そして真っすぐにお園を見た。真摯な顔つきの寛治は、やはりどこか清次の面影がある。お園は思った。

――この人も、真の料理人なのだわ。清さんと同じく――

寛治は戸の前でもう一度丁寧に礼をし、店を出て行った。

寛治は、お園の料理に触発され、〈源氏物語〉を表す料理に再び挑戦した。

寛治が新たに作り出した料理。それは、真っ白な豆腐に、仄かに青く色をつけた大根おろしを掛け、周りに鬼灯《ほおずき》の実を飾ったものであった。見た目は、源氏豆腐を更に豪華にしたもののように見える。

薄明かりの中、火に囲まれ、青白い豆腐が揺らいでいるように見える。豆腐を割ると、中から、白味噌を溶いたものに細かく潰した胡桃《くるみ》を混ぜた、橙色の餡が溢れ出た。

それは、光源氏の魂だ。

孤独の中にいながらも、光源氏は熱い魂を持ち続けた。でもその魂は、鮮やかな紅色ではなく、くすんだ真紅、つまりは夕焼けの如き橙色であった。

孤独の中にいても、くすんだものであっても情熱を持ち続ける……それは、寛治の心でもあったろう。

そしてそれはまた、料理を注文した、内儀の心でもあった。

内儀は、ようやく合格点を出した。

寛治は〈福寿〉に再びやってきて、お園に謝った。

「疑ったりして悪かった」、と。

お園は笑みを浮かべ、返した。

「分かっていただければ、よろしいです」

寛治は溜息をつき、改めて頭を下げた。

「貴女が誤解されるような噂が流れてまい、ほんまに申し訳なかった」

真に悪いことをしたと思っているのだろう、寛治は悲痛な面持ちをしている。

お園は言った。

「もう、本当によろしいですよ。おかげさまで、うちはお客様に恵まれておりますので、皆様に力になっていただけましたから。お店も元通りになって参りましたし。それに……危機を乗り越え、お客様たちとの絆も一段と深まったようにも思えるんです」

「強いんやな、貴女は」

「人生、何が起こるか分かりませんもの。それならば、起こったことをすべて、糧《かて》にしていきたいではないですか」

お園の優しい笑顔につられるように、寛治の顔の強張りもほぐれていく。

「俺も、女将みたいに、心を込めて料理せえへんとな。日頃の心掛けがいざという時に表れるって、よう分かったわ。料理にも、人との付き合いにもな」

寛治がようやくお園を「女将」と呼んだ。お園を料理人として認めたのだろう。黙って頷くお園に、寛治は照れくさそうに笑った。

「俺も、もっと頭を柔らかくせえへんとな。豆腐みたいにな」

寛治は帰り際、言った。

「これからもお願いしますわ。また食いにきます。うちの店にも、是非、お越しください。まだ、俺の料理ちゃんと食べてもろうてへんやろ？　女将と同じくらい、驚かせてみるわ」

「こちらこそよろしくお願いします。寛治さんのお料理、必ずいただきに参りますね。……実を言えば、ずっと食べてみたかったんです。嫌われているようだったから、怖くて行けませんでしたけれど」

二人は顔を見合わせる。夜も更けた〈晴れやか通り〉に、笑い声が響いた。

三

店が終わる頃、昇平が〈福寿〉を訪れた。

「いらっしゃいませ。お待ちしてました。何を食べさせていただけるか、楽しみですわ」

「お約束どおり、伺いました」

お園が昇平を呼んだのだった。

昇平は笑顔で、小上がりに座る。ほかにお客はいないので、寛《くつろ》げた。

「はい、どうぞ」

お園は酒と、料理を持ってきた。それは、加賀の郷土料理である、治部煮《じぶに》であった。

そぎ切りにして小麦粉を塗した鴨《かも》肉、麩、椎茸、セリを、鰹出汁に醤油、味醂、酒を合わせたもので、煮込んで作る。お園は、蒟蒻も沢山入れた。

「わあ、懐かしいなあ。女将さん、俺が加賀生まれと知って、作ってくださったんですね。ほんま、優しいなあ。いただきます」

昇平は嬉々として鴨肉を頬張り、表情を少し変えた。次に蒟蒻を食べ、また顔色が変わる。汁を啜り、昇平はやがて、食べる手を止めた。

お園が隠し味に用いた、魚醬《ぎよしよう》の味に、気づいたのだった。

昇平は項垂れ、お園は黙って見守る。昇平は声を絞り出した。

「女将さん、分かってらしたんですね」

お園は息をつき、言った。

「蒟蒻って、お腹の砂おろし、とも言いますよね。間違ってしまっても、悪いものを出して、良いものを取り入れていけばよろしいんですよ」

お園に優しく微笑まれ、昇平は堪えきれずに、ついに涙をこぼした。

〈山源〉の料理の横流しをしていたのは、昇平であった。

お園が昇平に対してもやもやとした思いを抱くようになったのは、「出身が加賀である」と知った時だった。

そして光太夫の為に鮎のなれ鮨を作った時、はっきりと気づいたのだ。

流出していた料理に共通していた隠し味が、魚を塩とともに漬け込んだ〝魚醬〟であることに。

加賀では、魚醬は調味に非常によく用いられる。

お園はこう考えたのだ。

――いつか昇平さん、こんなことを言っていたわ。『お前はイマイチ味が分かっていない』と怒られる、って。……恐らく昇平さんは、京料理の薄味が物足りなくて、それに魚醬を加えると美味しくなると思っていたのではないかしら。それゆえ、ほかの店に流す時は、『魚醬を加えると、江戸ではもっと受けるかも』などと、言っていたのでは？　その言葉を、ほかの店の人たちは皆、鵜呑《うの》みにしたという訳ね。そういうふうに味に拘るところは、昇平さんだって、一人前の料理人であるのよね――

一頻《ひとしき》り泣くと、昇平は涙を拭き、訳を話した。

「俺、莫迦でした。寛治さんと浩助さんをなかなか抜くことが出来なくて、その二人、特に浩助さんからは相変わらずうるさく言われるし、鬱憤がどんどん溜まっていきました。俺はこんなもんじゃない、もっと上にいける、稼げるって、過信しちまって、自分の腕を試すつもりで、ほかの客足が落ちてるような店に売り込みを掛けているうちに、横流しまでするようになっていって。……最低です、俺は」

お園は思った。

――昇平さん、朗らかにしてはいたけれど、厳しい板前の世界に苛立ちが募っていたのでしょうね。特に大和出身の浩助さんは、厳しかったのでしょう。それも昇平さんを育てる為だったのでしょうが……。小銭欲しさと、浩助さんを陥《おとしい》れたい思いで、わざと大和の料理を流出させていたのね。浩助さんが暴力を振るっていたというのも、陥れる為の嘘だったのでしょう。〈山源〉のようなお店では、いくら厳しくても、そのようなことはあるはずがないもの。幸夫さんが親戚のお婆さんに話していたことを、踏まえても。……浩助さん、私には何故か異常に厳しいけれど――

　お園は思わず苦い笑みを浮かべる。昇平は暫く俯いていたが、顔を上げると、治部煮に再び食らいつき、勢いよく食べ始めた。

「旨いな、本当に。女将さんの料理は、やっぱり旨い」

　懐かしい故郷の味に、昇平は、板前になりたいと目を輝かせていた、純粋な頃を思い出した。涙がこぼれるまま、昇平は治部煮を味わう。お園の心のこもった料理が、昇平を浄化していくようだ。

　昇平は綺麗に平らげ、お茶を啜った。

「私は昇平さんのこと、誰にも言いませんから、安心してね」

　お園の慈悲《じひ》深い眼差しが眩しいかのように、昇平は目を細める。昇平は背を正し、お園にはっきりと告げた。

「女将さんの料理をいただいて、はっきり心を決めました。俺、責任を取って〈山源〉を辞め、加賀に戻って一からやり直します。〈山源〉の皆には、俺から正直に話します」

お園は何も言わずに、昇平を見つめ続ける。

「必ず、やり直します。御迷惑をお掛けして、本当に申し訳ありませんでした。女将さんにまで疑いが掛かることになってしまって。……本当は、辛かったんです、俺。それでも、腕を試したい気持ちや、上を陥れたい気持ちで、やめられなくなっちまって。本当に、莫迦でした」

昇平は、お園に向かって、畳に頭を擦り付けるように、謝った。

「でも、ようやく目が覚めました。俺、〈福寿〉に来ていたのも、もしかしたら……心のどこかで、女将さんに怒って止めてほしかったのかもしれません。だから、正直、今、ほっとしてるんです。申し訳ありませんでした。本当に、本当に……」

お園はそんな昇平の背中を、優しくさすった。

昇平は〈山源〉の皆に正直に話し、加賀へと戻ることになった。

発《た》つ前に昇平は〈福寿〉を訪れ、お園に改めて礼と詫びを述べ、誓った。

「腕を磨いて、また必ず江戸へ参ります。その時は女将さん、俺の料理を必ず食べてください」

「その時を、楽しみにしています。昇平さん、頑張ってね」

お園の心遣いで、昇平は笑顔で加賀へ向かうことが出来た。


お園が店の前を箒《ほうき》で掃《は》いていると、楊枝屋の内儀であるお芳が声を掛けてきた。

「ちょっと、お園さん。どういう風の吹き回しなんだろうね。あの〈山源〉の板長、お園さんに一目置くようになったみたいよ。この頃は店でも、『うちは京料理が名物や。それで満足できへんかったら、うちには来んでもらってかまわへん。〈福寿〉さんにでも行ったらええ』なんて、お客さんに言ってるんだって」

「ホントにねえ、どういう風の吹き回しかしら」

お園は微笑み、首をちょいと傾げる。

外の風は冷たくなってきたが、お園の心には心地良い微風が吹くようだ。

慌ただしく季節は流れ、八兵衛夫婦や文太に竹仙、お民たちは、紅葉狩りの次は何処に行こうか、などという話で盛り上がっている。

戸が開き、新しい顔のお客が入ってきた。

「〈山源〉で聞いて、来てみたんだけど……満席かな？」

「いえいえ、大丈夫ですよ。どうぞお上がりください。ほら、文ちゃん、ちょっと詰めて！」

お客を小上がりに座らせ、お茶を出して注文を取り、お園は板場へと戻る。お客たちの賑やかな声が、今宵も〈福寿〉に響き渡る。

大切な包丁を手にする。

――どんなことがあっても、私は、もう決して挫けない――

お園は背を正し、人参を刻む。包丁がまな板を打つ音が、板場に響いた。

それは真っすぐな、お園の心の響きのようでもあった。

一〇〇字書評

源氏豆腐

切・り・取・り・線

購買動機（新聞、雑誌名を記入するか、あるいは○をつけてください）	
□（　　　　　　　　　）の広告を見て	
□（　　　　　　　　　）の書評を見て	
□ 知人のすすめで	□ タイトルに惹かれて
□ カバーが良かったから	□ 内容が面白そうだから
□ 好きな作家だから	□ 好きな分野の本だから

・最近、最も感銘を受けた作品名をお書き下さい

・あなたのお好きな作家名をお書き下さい

・その他、ご要望がありましたらお書き下さい

住所	〒				
氏名		職業		年齢	
Eメール	※携帯には配信できません	新刊情報等のメール配信を 希望する・しない			

この本の感想を、編集部までお寄せいただけたらありがたく存じます。今後の企画の参考にさせていただきます。Eメールでも結構です。

いただいた「一〇〇字書評」は、新聞・雑誌等に紹介させていただくことがあります。その場合はお礼として特製図書カードを差し上げます。

前ページの原稿用紙に書評をお書きの上、切り取り、左記までお送り下さい。宛先の住所は不要です。

なお、ご記入いただいたお名前、ご住所等は、書評紹介の事前了解、謝礼のお届けのためだけに利用し、そのほかの目的のために利用することはありません。

〒一〇一－八七〇一
祥伝社文庫編集長　坂口芳和
電話　〇三（三二六五）二〇八〇

祥伝社ホームページの「ブックレビュー」からも、書き込めます。
http://www.shodensha.co.jp/bookreview/

祥伝社文庫

源氏豆腐《げんじどうふ》　縄《なわ》のれん福寿《ふくじゅ》

平成29年10月20日　初版第1刷発行

著　者　有馬美季子《ありまみきこ》

発行者　辻　浩明

発行所　祥伝社《しょうでんしゃ》

東京都千代田区神田神保町3-3

〒101-8701

電話　03（3265）2081（販売部）

電話　03（3265）2080（編集部）

電話　03（3265）3622（業務部）

http://www.shodensha.co.jp/

印刷所　堀内印刷

製本所　積信堂

カバーフォーマットデザイン　中原達治

 ISBN978-4-396-34364-4 C0193

祥伝社文庫の好評既刊

今井絵美子
雪の声
便り屋お葉日月抄④

お美濃《みの》とお楽《らく》が心に抱えた深い傷に気づいたお葉は、一肌脱ぐことを決意するが……。〝泣ける〟時代小説。

今井絵美子
花筏《はないかだ》
便り屋お葉日月抄⑤

日々堂で代書をする龍之介《りゅうのすけ》は、儘《まま》ならぬ人生の皮肉に悩んでいた。悩み迷う人々を、温かく見守るお葉。

今井絵美子
紅染月《べにそめづき》
便り屋お葉日月抄⑥

龍之介の朋輩《ほうばい》、三崎《みさき》の許婚《いいなずけ》の登和《とわ》は耳を疑う告白を……。意地を張って泣くことも、きっと人生の糧《かて》になる！

今井絵美子
木《こ》の実《み》雨
便り屋お葉日月抄⑦

祝言を挙げて以来、道場に来ない三崎。そんな中、日々堂の宰領《さいりょう》の娘に大店の若旦那との縁談が……。

今井絵美子
眠れる花
便り屋お葉日月抄⑧

店衆の政女《まさじょ》を立ち直らせたい――情にあつい女主人の心意気に、美味しい料理が花を添える。感涙の時代小説。

今井絵美子
忘憂《わすれ》草
便り屋お葉日月抄⑨

「家を飛び出したきりの息子を捜して欲しい」――源吾《げんご》を励ますお葉。江戸に涙と粋の花を咲かす哀愁情話。

祥伝社文庫の好評既刊

今井絵美子
友よ
便り屋お葉日月抄⑩

龍之介の無二の友、小弥太《こやた》が失踪。彼の赤児《やや》には、妻の不義の子との噂が。小弥太の真意を知った龍之介は――。

今村翔吾
火《ひ》喰《くい》鳥《どり》
羽州《うしゅう》ぼろ鳶《とび》組

かつて江戸随一と呼ばれた武家火消・源吾《げんご》。クセ者揃いの火消集団を率いて、昔の輝きを取り戻せるのか⁉

今村翔吾
夜《よ》哭《なき》烏《がらす》
羽州ぼろ鳶《とび》組

「これが娘の望む父の姿だ」火消としての矜持を全うしようとする姿に、きっと涙する。最も〝熱い〟時代小説！

宇江佐真理
おうねぇすてぃ

文明開化の明治初期を駆け抜けた、若い男女の激しくも一途な恋……。著者、初の明治ロマン！

宇江佐真理
十日えびす
花嵐浮世困話《はなにあらしよのなかこんなもの》

夫が急逝し、家を追い出された後添《のちぞ》えの八重《やえ》。実の親子のように仲のいいおみちと日本橋に引っ越したが……。

宇江佐真理
ほら吹き茂平《もへい》
なくて七癖あって四十八癖

うそも方便、厄介ごとはほらで笑ってやりすごす。江戸の市井《しせい》を鮮やかに描く、極上の人情ばなし！

祥伝社文庫の好評既刊

宇江佐真理　高砂《たかさご》　なくて七癖あって四十八癖

倖せの感じ方は十人十色。夫婦の有り様も様々。懸命に生きる男と女の縁《えにし》を描く、心に沁《し》み入る珠玉の人情時代。

柴田よしき　ふたたびの虹

小料理屋「ばんざい屋」の女将の作る懐かしい味に誘われて、今日も集まる客たち……恋と癒《いや》しのミステリー。

柴田よしき　竜の涙　ばんざい屋の夜

恋や仕事で傷ついたり、独りぼっちになったり。そんな女性たちの心にそっと染みる「ばんざい屋」の料理帖。

原　宏一　佳代《かよ》のキッチン

もつれた謎と、人々の心を解くヒントは料理にアリ？　「移動調理屋」で両親を捜す佳代の美味しいロードノベル。

原　宏一　女神めし　佳代のキッチン2

食文化の違いに悩む船橋《ふなばし》のミャンマー人、尾道《おのみち》ではリストラされた父を心配する娘――最高の一皿を作れるか？

今井絵美子　岡本さとる　藤原緋沙子　哀歌《あいか》の雨

いつの時代も繰り返される出会いと別れ。すれ違う江戸の男女を丁寧に描く、切なくも希望に満ちた作品集。

〈祥伝社文庫　今月の新刊〉

内田康夫
喪《うしな》われた道〈新装版〉
浅見光彦、修善寺で難事件に挑む！　すべての謎は「失はれし道」に通じる？

宇佐美まこと
死はすぐそこの影の中
深い水底に沈んだはずの村から、二転三転して真実が浮かび上がる……戦慄のミステリー。

小杉健治
裁きの扉
悪徳弁護士が封印した過去――幼稚園の土地取引に端を発する社会派ミステリーの傑作。

高木敦史
のど自慢殺人事件
アイドルお披露目イベント、その参加者全員が容疑者？　雪深き村で前代未聞の大事件！

西條奈加
六花落々《りっかふるふる》
「雪の形をどうしても確かめたく――」古河藩の物書見習が、蘭学を通して見た世界とは。

岡本さとる
二度の別れ　取次屋栄三
長屋で起きた捨て子騒動をきっかけに、又平やお染たちが心に刻み、歩み出した道とは。

経塚丸雄
すっからかん　落ちぶれ若様奮闘記
改易により親戚筋に預となった若殿様。少ない銭をやりくりし、股肱の臣に頭を抱え……。

有馬美季子
源氏豆腐《げんじどうふ》　縄のれん福寿
包丁に祈りを捧げ、料理に心を籠める。客を癒すため、女将は今日も、板場に立つ。

睦月影郎
美女手形　夕立ち新九郎・日光街道艶巡り
味と匂いが濃いほど高まる男・夕立ち新九郎。日光街道は、今日も艶めく美女日和！

仁木英之
くるすの残光　最後の審判
天草四郎の力を継ぐ隠れ切支丹忍者たちの最後の戦い！　異能バトル＆長屋人情譚、完結。

藤井邦夫
冬椋鳥《ふゆむくどり》　素浪人稼業
渡り鳥は誰の許へ!?　矢吹平八郎、健気な娘のため、父親捜しに奔走！　シリーズ第15弾。